林格伦作品选集·美绘版

亲爱的所有中国孩子:

  我多么想给你们每一个人都直接写信,表达对你们阅读我的书的喜悦。但是此时此刻,我只能说:祝你们阅读愉快。继续读吧,直到把我的书全部读完。致热烈的问候!

       阿斯特丽德·林格伦

LINGELUN
TAOQIBAOAIMIER
MeiHuiBan

淘气包埃米尔

〔瑞典〕阿斯特丽德·林格伦 ◆ 著
〔瑞典〕比约恩·贝里 ◆ 画
李之义 ◆ 译

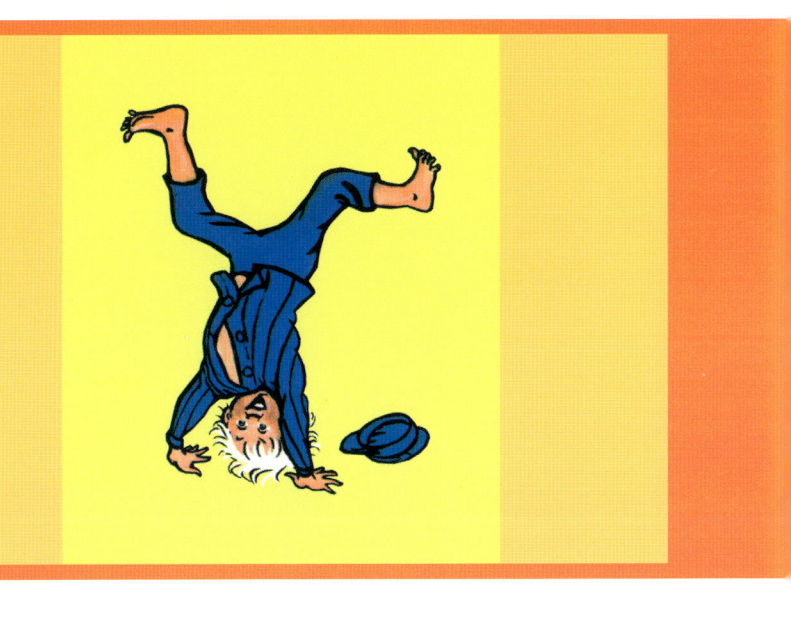

中国少年儿童新闻出版总社
中国少年儿童出版社
北京

淘气包埃米尔

林格伦作品选集【美绘版】

〔瑞典〕阿斯特丽德·林格伦 ◆ 著
〔瑞典〕比约恩·贝里 ◆ 画
李之义 ◆ 译

原版书名：*Stora Emilboken（Emil i Lönneberga, Nya hysss av Emil i Lönneberga, Än lever Emil i Lönneberga）*；
原出版人：Rabén & Sjögren Bokförlag AB, Stockholm, Sweden
ⓒ Saltkråkan AB / Astrid Lindgren 1984(1963, 1966, 1970)
Illustrations ⓒ Björn Berg
All foreign rights are handled by Saltkråkan AB, Sweden, info@saltkrakan.se
For information about Astrid Lindgren's books, see www.astridlindgren.com

图书在版编目（CIP）数据

淘气包埃米尔／(瑞典)林格伦(Lindgren,A.)著；李之义译．—北京：中国少年儿童出版社，2009.10（2023.6重印）
（林格伦作品选集）
ISBN 978-7-5007-9413-4

Ⅰ．淘… Ⅱ．①林…②李… Ⅲ．儿童文学-长篇小说-瑞典-现代 Ⅳ．①I532.84

中国版本图书馆 CIP 数据核字 (2009) 第 173882 号
著作权合同登记　图字：01-2006-3517

TAO QI BAO AI MI ER
（林格伦作品选集）

出版发行：	中国少年儿童新闻出版总社 中国少年儿童出版社
出 版 人：	孙　柱
执行出版人：	马兴民

策　　划：	徐寒梅　缪　惟　高秀华	装帧设计：	缪　惟
责任编辑：	徐寒梅　缪　惟　高秀华	责任校对：	范慧兰
美术编辑：	缪　惟	责任印务：	厉　静

社　　址：	北京市朝阳区建国门外大街丙12号	邮政编码：	100022
总 编 室：	010-57526070	发 行 部：	010-57526568
官方网址：	www.ccppg.cn	编 辑 部：	010-57526320

印　　刷：	北京华宇信诺印刷有限公司		
开　　本：	880mm × 1230mm　1/32	印　张：	10.5
版　　次：	2009 年 10 月第 1 版	印　次：	2023 年 6 月北京第 38 次印刷
字　　数：	190 千字	印　数：	1102601－1132600 册
ISBN 978-7-5007-9413-4		定　价：	35.00 元

图书出版质量投诉电话 010-57526069，电子邮箱：cbzlts@ccppg.com.cn

序

在当今世界上,有两项文学大奖是全球儿童文学作家的梦想:一项是国际安徒生文学奖,由国际儿童读物联盟(IBBY)设立,两年颁发一次;另一项则是由瑞典王国设立的林格伦文学奖,每年评选一次,奖金500万瑞典克朗,是全球奖金额最高的奖项。

瑞典儿童文学大师阿斯特丽德·林格伦女士(1907—2002),是一位著作等身的国际世纪名人,被誉为"童话外婆"。林格伦童话用讲故事的笔法、通俗的风格和神秘的想象,使作品充满童心童趣和人性的真善美,在儿童文学界独树一帜。1994年,中国少年儿童出版社把引进《林格伦作品集》列入了"地球村"图书工程出版规划,由资深编辑徐寒梅做责任编辑,由新锐画家缪惟做美编,并诚邀中国最著名的瑞典文学翻译家李之义做翻译。在瑞典驻华大使馆的全力支持下,经过5年多的努力,1999年6月9日,首批4册《林格伦作品集》(《长袜子皮皮》《小飞人卡尔松》《狮心兄弟》《米欧,我的米欧》)在瑞典驻华大使馆举行了首发式,时年92岁高龄的林格伦女士还给中国小读者亲切致函。中国图书市场对《林格伦作品集》表现了应有的热情,首版5个月就销售一空。在再版的同时,中国少年儿童出版社又开始了《林格伦作品集》第二批作品(《大侦探小卡莱》《吵闹村的孩子》《疯了头马迪根》《淘气包埃米尔》)的翻译出版。可是,就在后4册图书即将出版前夕,2002年1月28日,94岁高龄的阿斯特丽德·林格伦女士

在斯德哥尔摩家中,在睡梦中平静去世。2002年5月,中少版《林格伦作品集》第二批4册图书正式出版。至此,中国少年儿童出版社以整整8年的时间,完成了150万字之巨的《林格伦作品集》8册的出版规划,为广大中国少年儿童读者奉献了一套相对完整、系统的世界儿童文学精品巨著,奉献了一个美丽神奇的林格伦童话星空。

由地球作为载体的人类世界是千姿百态、丰富多彩的。可以是物质的,也可以是精神的;可以是科学的,也可以是文学的。少年儿童作为人类的未来和希望,从小就应该用世界文明的一流成果来启蒙,来熏陶,来滋润。让中国的少年儿童从小就拥有一个多彩的"文学地球",与国外的小朋友站在阅读的同一起跑线上,是我们中国少年儿童出版社的神圣职责。在人类进入多媒体时代的今天,中国少年儿童出版社倾力打造了高格调、高品质的皇冠书系,该书系的图书均以"美绘版"形式呈献。皇冠书系"美绘版"图书自上市以来迅速得到了广大青少年读者的认可,取得了良好的社会效益和经济效益。今天,中国少年儿童出版社将《林格伦作品选集》纳入皇冠书系,以"美绘版"形式再次出版林格伦女士最具代表性的作品,它们分别是《长袜子皮皮》《淘气包埃米尔》《小飞人卡尔松》《大侦探小卡莱》《米欧,我的米欧》《狮心兄弟》《吵闹村的孩子》《疯丫头马迪根》《绿林女儿罗妮娅》《海滨乌鸦岛》《叮当响的大街》《铁哥们儿擒贼记》《小小流浪汉》《姐妹花》。此次中国少年儿童出版社倾力打造的"美绘版"《林格伦作品选集》,就是要让世界名著以更美的现代化形式走近少年儿童读者,就是要让林格伦的童话星空更加绚丽多彩。

愿《林格伦作品选集》(美绘版)陪伴广大的少年儿童朋友快乐成长,美丽成长。

林格伦和她创造的儿童世界

——李之义——

早在世纪之初著名作家埃伦·凯伊（1849—1926）就曾预言，20世纪将成为儿童世纪。这句话是否应验，这里不去讨论，但是林格伦在1945年步入儿童文坛就标志着世纪儿童已经诞生。这就是皮皮露达·维多利亚·鲁尔加迪娅·克鲁斯蒙达·埃弗拉伊姆·长袜子。起这个名字的人是林格伦的女儿卡琳。1941年女作家七岁的女儿卡琳因肺炎住在医院，她守在床边。女儿每天晚上请妈妈讲故事。有一天她实在不知道讲什么好了，就问女儿："我讲什么呢？"女儿顺口回答："讲长袜子皮皮。"是女儿在这一瞬间想出了这个名字。她没有追问女儿谁是长袜子皮皮，而是按着这个奇怪的名字讲了一个奇怪的小姑娘的故事。最初是给自己的女儿讲，后来邻居的小孩也来听。1944年卡琳十岁了，林格伦把这个故事写出来作为赠给女儿的生日礼物。后来她把稿子寄给伯尼尔出版公司，但是被退了回来。此举构成了这家最大的瑞典出版公司最大的失误。1945年作者对故事做了一些修改，以它参加拉本和舍格伦出版公司举办的儿童书籍比赛，获得一等奖。《长袜子皮皮》一出版立即获得成功，此事绝非偶然。当时关于瑞典儿童的教育问题的辩论正进行得如火如荼——以昔日的权威性教育为一方，以现代自由教育思想为另一方。早在20世纪30年代，人们就开始对童年教育感兴趣，并有新的儿童教育信号出现。很多人提出，对儿童进行严厉、无条件服从的教育会使儿童产生压抑和自卑感。人们揭露和批判当局推行的类似德国纳粹主义和意大利法西斯主义的绝对

权威和盲从的教育思想。

《长袜子皮皮》这部作品讲一位小姑娘，她一个人住在一栋小房子里，生活完全自理，富得像一位财神，壮得像一匹马。她所做的一切几乎都违背成年人的意志，不去学校上学，满嘴的瞎话，与警察开玩笑，戏弄流浪汉。她花钱买一大堆糖果，分发给所有的孩子。她的爸爸有点儿不可思议，是南海一个岛上的国王。这位小姑娘自然成了孩子们的新偶像。关于皮皮的书共有三本，多次再版，成为瑞典有史以来儿童书籍中最大的畅销书。目前该书已出版90多种版本，总发行量达到1.3亿册。对全世界的儿童来说，皮皮是一个令人喜爱、近乎神秘主义的形象，可与福尔摩斯、唐老鸭、米老鼠、小红帽和白雪公主相媲美。

在2004年5月26日阿斯特丽德·林格伦儿童文学奖第二次颁奖大会上，瑞典首相约兰·佩尔松在致辞时这样评论《长袜子皮皮》这部作品："长袜子皮皮之书的出版带有革命性的意义。林格伦用长袜子皮皮这个人物形象在某种程度上把儿童和儿童文学从传统、迷信权威和道德主义中解放出来，在皮皮身上很少有这类东西。皮皮变成了自由人类的象征。"

在儿童文学领域里，林格伦创造了两种风格：通俗和想象，两种风格以不同的方式体现她的创作特征。通俗的故事有时候接近琐碎，有时候带有喜剧色彩。比如以女作家自己的成长环境和自己的兄弟姐妹为原型的《吵闹村的孩子》《吵架人大街》和《疯丫头马迪根》。富于想象的作品是以《尼尔斯·卡尔松—小精灵》为开端。主人公是个小精灵，住在地板底下，后来成了一位孤单的小男孩的好伙伴，使阴郁、沉重的生活变成多彩的梦幻之国。《南草地》中的故事采用民间故事的创作手法，把昔日人间的残酷、疾病和忧伤变成了想象中的美

梦、善良和温暖。

但是用富于想象的手法创作的作品应首推三部伟大的小说:《米欧,我的米欧》(1954)、《狮心兄弟》(1973)和《绿林女儿罗妮娅》(1981)。第一部作品表面上非常通俗,主人公布·维尔赫尔姆·奥尔松是一位被领养的小男孩。他坐在长凳上,想着自己极不温暖的家庭生活。突然他的梦变成了现实,他搬到了童话世界——玫瑰之国,他的父亲是那里的国王,他变成了米欧王子。他用一把带魔法的宝剑把他父亲的臣民从残暴的骑士卡托的统治下解救出来。作品有着民间故事的所有特征。《狮心兄弟》也描写善与恶的矛盾。主人公是一位胆小的小男孩斯科尔班,但是在危险时刻他克服了自己的恐惧,勇敢地与邪恶进行斗争,并取得了胜利。斯科尔班身体虚弱、胆小怕事,这一点与他和哥哥一起把南极亚拉从暴君滕格尔、恶魔卡特拉手里解放出来的壮举形成鲜明对比。作品中有这样的情节:兄弟俩从悬崖上跳下去,以便从南极亚拉到另一个国家南极里马。他们去了另外一个世界以后变得强壮、勇敢和健康。一部分人把这一描写解释成儿童自杀,但多数人把这段解释成一种故事情节的升华,由一个想象的世界到另一个想象的世界。我还听到有第三种解释,即瑞典是一个福利社会,人们没有物质生活方面的困难,老人和孩子都很怕死。老人可以用基督教的来世梦想和进入天国之类的事求得安慰。孩子们怎么办?他们经常给报社或电视台写信、打电话,问"人为什么要死?"专家们用科学的方法给孩子们讲解生与死的辩证关系、新陈代谢等,说明死并不都是坏事。作家通过自己富于想象的作品不是也可以起到相同的作用,甚至效果更好吗?《绿林女儿罗妮娅》比上边提到的两部作品有更多的现实主义成分,书中所描写的问题有更多的可能性。女孩罗妮娅和男孩毕尔克分属两个世代为仇的绿林家庭。两个人对自己家庭传统进行造

反,一种真挚的友谊在他们之间迅速建立,他们拒绝再过到处抢劫的绿林生活。人们称这部作品为瑞典式的《罗密欧与朱丽叶》。两个孩子在山洞里过着与世隔绝的生活,这也有点儿像《鲁滨孙漂流记》。但作品有着林格伦自己的特征:紧张的情节、通俗的现实主义和幽默风趣。罗妮娅和毕尔克生活在充满可怕和喜剧性生灵的世界里,如人面野鹰和小人熊等。他们的父亲都是魁梧、健壮、心地善良的绿林首领,但他们不知道除了劫富济贫的绿林生活外,还有其他什么选择。

林格伦的另一部分作品介于通俗与想象两种风格之间。《淘气包埃米尔》(1963)中很多故事相当粗犷和非理性,有着伟大的喜剧风格,但一切都植根于世纪之交的斯莫兰的日常生活。一部分内容有点儿像古代的英雄萨迦,如埃米尔在风雪中把病入膏肓的阿尔弗雷德送到医院,以及请穷苦的人们吃圣诞饭。

当《小飞人卡尔松》(1955)中的卡尔松飞进小弟的中产阶级家庭生活时,起初人们都把他看作是孤单儿童的虚幻中的伙伴。但卡尔松是一个极富有个性的小家伙,有着人类的各种特征——他爱说大话、自私自利、不诚实和爱翻别人的东西,还不停地给小弟制造麻烦。但是小弟和其他读过这本书的孩子都喜欢他——"不胖不瘦、风华正茂"。如果人们偶尔还把他当作虚幻的人物的话,那么在小弟把他介绍给其他家庭成员时,这种感觉马上消失了,他成了一个实实在在的人。

林格伦的作品还包括侦探小说,如《大侦探小卡莱》(1946);专门描写女孩子的作品,如《布丽特-马利亚心情舒畅了》(1944)、《夏士婷和我》(1945)。作品幽默、大方,很少有道德说教。

林格伦1907年出生在瑞典斯莫兰省一个农民家里。20世纪20年代到斯德哥尔摩求学,毕业后做过一两年秘书工作。她有30多部作品,获得过各种荣誉和奖励。1950年获瑞典图书馆协会颁发的

"尼尔斯·豪尔耶松金匾"；1957年获瑞典"高级文学标准作家"国家奖；1958年获"安徒生金质奖章"；1970年获瑞典《快报》"儿童文学和促进文学事业金船奖"；1971年获瑞典文学院"金质大奖章"。此外，她还获得过1959年《纽约先驱论坛报》春季奖和1957年德国青年书籍比赛的特别奖。她在1946年—1970年将近1/4世纪里担任拉本和舍格伦出版公司儿童部主编，对创造这个时期的瑞典儿童文学的黄金时代做出了很大贡献。

2002年，林格伦女士以94岁高龄辞世，瑞典为她举行了国葬，人们称她为民族英雄。在我送的花圈上写着："你的中文译者向你致最后的敬意！"她走了，却给世界留下了宝贵的文学遗产。她的作品被译成多国文字，发行量达到1.3亿册。把她的书摞起来有175个埃菲尔铁塔那么高，把它们排成行可以绕地球三圈。

瑞典文学院院士阿托尔·隆德克维斯特在1971年瑞典文学院授予她"金质大奖章"的授奖仪式上说：

尊敬的夫人，在目前从事文艺活动的瑞典人中，大概除了英玛尔·伯格曼之外，没有一个人像您那样蜚声世界。

您在这个世界上选择了自己的世界，这个世界是属于儿童的，他们是我们当中的天外来客，而您似乎有着特殊的能力和令人惊异的方法认识他们和了解他们。瑞典文学院表彰您在一个困难的文学领域里所做的贡献，您赋予这个领域一种新的艺术风格，即充分的心理描写、幽默和叙事情趣。

林格伦作品选集
LINGELUN ZUOPINXUANJI

目录

第一部 伦纳贝亚的埃米尔 / 1

5月22日 星期二
埃米尔把头伸进汤罐子 / 9

6月10日 星期日
埃米尔把小伊达当国旗升到旗杆顶 / 26

7月8日 星期日
埃米尔去赫尔特弗雷德赶大集 / 47

目录

第二部 伦纳贝亚的埃米尔又闯祸了/73

7月28日 星期六
埃米尔把猪血扣在自己爸爸头上，不得不削
第100个市头老头儿/81

10月31日 星期三
埃米尔赢来一匹马，破窗而入吓坏了彼特尔
夫人和整个维莫比/104

12月26日 星期一
埃米尔举办卡特胡尔特报销大宴会　捕狼陷
阱里活捉女领班/137

目录

第三部 埃米尔仍然生活在伦纳贝亚/179

6月12日 星期六
巴克胡瓦拍卖会,埃米尔亮出高招/185

6月13日 星期日
埃米尔为拔掉丽娜那颗槽牙三次大胆尝试,
并把小伊达的脸涂成深蓝色/213

8月10日 星期二
埃米尔把青蛙放进送咖啡的篮子里,随后闯
下几乎说不出口的大祸/233

平淡的日子，埃米尔做出平淡无奇的淘气小
事，但是也有一部分好事/266

11月14日 星期日
卡特胡尔特进行家庭宗教教义考问　埃米尔
把自己的爸爸关进茅厕/276

12月18日 星期六
埃米尔的伟大举动受到全伦纳贝亚人的称
赞，他的一切淘气被人们遗忘
和原谅/291

译者后记/321

第一部

伦纳贝亚的埃米尔

淘气包埃米尔
Taoqibaoaimier

埃米尔是住在伦纳贝亚村的一个男孩的名字。他是一位野性、脾气很拧的小家伙，不像你那么听话。他不吵闹的时候，也显得很乖，真的是这样。一双圆圆的蓝眼睛，红扑扑的圆脸蛋，卷曲的浅色头发。这一切都给人某种听话的印象，认为埃米尔是一个真正的小天使。他5岁，强壮得像一头小牛，他住在伦纳贝亚村的卡特胡尔特庄园里，属于瑞典的斯莫兰省。他讲斯莫兰当地方言，这个小东西，没办法，住在斯莫兰的人都是这样。他想要帽子的时候，他不会像你那样说："我要我的帽子。"他说成这样："我要'俄的猫子'！"他的"猫子"就是一顶黑帽舌、蓝顶子的帽子，很不时尚，是他的爸爸有一次进城时给他买的。埃米尔很喜欢这顶帽子，到晚上睡觉的时候，他就说："我要'俄的猫子'！"他妈妈觉得，上床睡觉不该戴什么帽子，想把帽子放到前厅的架子上，但是这时候埃米尔就会大声吵闹："我要'俄的猫子'！"整个村子里的人都能听

见。

一连三个星期，埃米尔每天晚上睡觉都要戴着帽子。戴就戴吧，没关系，尽管有点儿那个。但是最大的问题是，他每次都能如愿以偿，他心里明镜似的。特别是对他妈妈说的话，他死活不听。有一次过圣诞节，妈妈让他吃煮菜豆，因为吃蔬菜对身体有益处，但是埃米尔就是不吃。

"你想过没有，你从来不吃蔬菜？"他的妈妈问。

"不对，"埃米尔说，"我向来吃真正的蔬菜。"

说完他就默默地蹲在圣诞树后边，开始嚼杉树叶。但是他很快就烦了，因为杉树叶扎嘴。

埃米尔就是这样拧。他想让爸爸、妈妈、整个卡特胡尔特庄园,甚至全伦纳贝亚村都听他的,但是伦纳贝亚的村民们不愿意。

"真可惜,住在卡特胡尔特庄园里的斯文松家出了一个刺儿头,"他们说,"他呀,长大了也不会有出息。"

伦纳贝亚村民都这样想,真的!他们当时要是知道埃米尔后来的发展,肯定不会这么说!他们怎么能知道,他长大以后当上了社区委员会主席呀!你可能不知道,社区委员会主席是干什么的,不过我敢向你保证,当个主席是很不错的,埃米尔慢慢就会当上。

不过我们现在要关注的是,他小时候住在伦纳贝亚村卡特胡尔特庄园时的情况,那地方属于瑞典斯莫兰省。跟他住在一起的有爸爸安东·斯文松、妈妈阿尔玛·斯文松,还有小妹妹伊达。他们家还有一个长工叫阿尔弗雷德,一个女仆叫丽娜。在埃米尔小的时候,伦纳贝亚村和其他很多地方,都有女仆和长工。长工耕地、喂马和牛、收割牧草、种马铃薯,女仆挤

奶、洗碗、拖地和给孩子唱歌。

你现在知道了，都谁住在卡特胡尔特庄园：爸爸安东、妈妈阿尔玛、小妹妹伊达、阿尔弗雷德和丽娜。还有两匹马，几头公牛，8头奶牛，3头猪，10只绵羊，15只母鸡，1只公鸡，一只小猫和一只狗。当然还有埃米尔。

卡特胡尔特是一座漂亮的小庄园，房子是红色的，坐落在一个山坡上，掩映在苹果树和丁香花之间。周围有农田、林间草地、牧场、一个湖和很大很大一片森林。

如果没有埃米尔在那儿，卡特胡尔特庄园本来应该非常安

静、平和。

"他整天淘不完的气,那小子,"丽娜说,"就算不是他自己淘,很多事也跟埃米尔有关。我从来没看见过这样的孩子。"

但是埃米尔的妈妈护着他。

"埃米尔不怎么淘气,"她说,"今天他才拧伊达一次,洒了一点儿喝咖啡用的奶油,不就这么点儿事儿……噢,还把

那只猫追得围着鸡窝乱跑，这都是真的！不过如此，我觉得他开始变得平静和听话了。"

埃米尔不令人讨厌，大家不能说他讨厌。不管是伊达还是猫，他都很喜欢。但对伊达，他是迫不得已拧了一下，因为不然她不肯把自己的蜜糖面包给他吃。他追猫也是出于好意，看自己是不是跟猫跑得一样快。只是这只猫不理解。

3月7日这一天埃米尔还算乖，只拧了伊达一次，洒出来一点儿喝咖啡时用的奶油，追一追猫。那么现在你可以听一听埃米尔其他几天发生的更多的事情，正像丽娜说的，要么他自己淘气，要么不是他直接淘气，最后也算到他头上，因为那些事总是跟埃米尔有很大关系。我们现在就开始讲一讲。

5月22日 星期二
埃米尔把头伸进汤罐子

这一天卡特胡尔特庄园晚饭喝肉汤。丽娜把汤盛在一个带花纹的汤罐儿里，大家坐在餐桌周围喝汤，特别是埃米尔喝得最起劲。他喜欢喝汤，听他喝汤的声音就能听出来。

"你一定要喝得这么响吗？"他妈妈问。

"不响怎么知道在喝汤。"埃米尔说。实际上他是这么说的，"不响咋晓得在喝汤。"不过我们就别管他怎么说的，他讲的是斯莫兰方言。

大家都敞开肚子喝，最后汤罐儿空了，就罐底还剩下一点儿根儿。这点儿根儿埃米尔也要喝，唯一的办法就是把头伸进汤罐儿里，把汤根儿吸干净。埃米尔真的这样做了，他们听见他在里边吱吱地喝。喝完了他应该把头退出来，这谁都知道，可是退不出来了！他卡在了里边。这时候埃米尔害怕了，他从餐桌旁边蹦起来，头上卡着汤罐儿，就像戴着一顶钢盔。汤罐儿往下耷拉着，把他的眼睛和耳朵都盖住了。埃米尔一边使劲

往上推，一边喊叫。丽娜也不安起来。

"我们家多好的汤罐儿，"她说，"我们家多好的带花汤罐儿，我们现在拿什么盛汤呢？"

丽娜不是特别懂事，她只是知道埃米尔的头在罐子里，这下子可无法再盛汤了。

但是埃米尔的妈妈考虑更多的是埃米尔。

"哎呀，我们怎么样才能把孩子从里边弄出来呢？我们只得拿火钩子，把罐子敲碎！"

"你疯了吧？"埃米尔的

爸爸说，"那东西值4克朗啊。"

"我来试试吧。"阿尔弗雷德说。他是一个身体强壮、非常能干的长工。他用双手紧紧夹住汤罐儿，用力提向空中，但是你猜怎么着？把埃米尔都给带起来了。因为他被卡得太紧了。他悬在空中，两条腿乱蹬，想够着地。

"别再弄了……放开我……别再弄了……我说过了！"他喊叫着。阿尔弗雷德只好作罢。

这时候大家真的很沮丧。他们围着埃米尔站在厨房里，绞尽脑汁想办法，爸爸安东、妈妈阿尔玛、小伊达、阿尔弗雷德和丽娜。谁也想不出把埃米尔弄出汤罐儿的好办法。

"看呀，埃米尔哭了。"小伊达一边说，一边用手指着从汤罐儿下流出来的几大滴眼泪，那是从埃米尔的脸颊上慢慢滚下来的。

"才不是我流的眼泪，"埃米尔说，"那是肉汤。"

他还是像平时那样嘴硬，不过头上卡着个汤罐儿大概不怎么好玩，他这时想，是不是永远出不来了！可怜的埃米尔，他要再想戴自己的"猫子"可怎么办呢？

埃米尔的妈妈非常心疼自己的小儿子。她又要拿火钩子敲碎汤罐儿，但是埃米尔的爸爸说：

"绝对不行！那罐子值4克朗啊。我们还是到马利安娜隆德去找医生合算。他大概能把罐子取下来。至多他也就要3克

朗,这样我们就能赚 1 克朗。"

埃米尔的妈妈认为这是一个好主意。能赚整整 1 克朗也不是每天都能有的好事。你想想看,在埃米尔外出看医生的时候,用这个克朗给留在家里的伊达买点儿东西不是挺美的吗。

卡特胡尔特的人这时候都忙起来。埃米尔要打扮一下,洗一洗,穿上最好的衣服。梳头当然不行了,耳朵也洗不了啦,尽管很需要。不过他的妈妈还是把一个食指从罐子底下伸了进去,想掏一掏埃米尔耳朵里的泥,结果坏了事儿,她的指头也被卡在里边。

"哎呀,坏事儿啦!"小伊达说。安东爸爸这时候可真生气了,尽管平时他的脾气很好。

"还有没有别的东西要卡到汤罐子里,"他高喊着,"没关系,我可以用拉牧草的大拖车,把整个卡特胡尔特的人都拉

到马利安娜隆德的医生那里去。"

埃米尔的妈妈一惊,手指头拔出来了。

"免了,你就不用洗耳朵了,埃米尔。"她一边说一边吹自己的食指。这时候罐子里的人似乎露出一张满意的笑脸,埃米尔说:

"这是我戴着这个汤罐儿得到的第一大好处。"

不过这时候阿尔弗雷德已经把马车赶到台阶前,埃米尔走出来,爬上马车。他挺有派头,身着花格子礼服,黑色系带皮鞋,戴着汤罐儿,哎呀呀,戴着汤罐儿可能有点儿怪,不过汤

罐儿很漂亮，上面有花，跟某种新的时尚遮阳帽差不多。唯一美中不足的是，罐子垂下来多了点儿，挡住了埃米尔的眼睛。

他们就这样准备起程去马利安娜隆德。

"我们不在家的时候，好好看着小伊达。"埃米尔的妈妈高声说。她和埃米尔的爸爸坐在前排。后排坐着戴汤罐儿的埃米尔。他的"猫子"就放在身边的座位上。他从医生那里回家时，头上总得戴点儿什么。真难为他，想得还挺周到！

"晚上我做什么饭呀？"马车刚要走的时候，丽娜高声问。

"随便吧，"埃米尔的妈妈说，"我现在没有心思想这个。"

"那我就还做肉汤。"丽娜说。话音刚落，她就看见一个花里胡哨的东西在路的拐角处消失了，她立刻想起那个汤罐。她伤心地转过身来，看着阿尔弗雷德和小伊达。

"肉汤吃不成了，那就只能改吃黑面包和猪肉了。"她说。

埃米尔多次到过马利安娜隆德。他喜欢高高地坐在四轮马车上，看着道路蜿蜒向前，看着他经过的庄园，看着住在庄园里的小孩子，看着在栅栏门外狂吠的狗和在牧场上吃草的马和牛。但是现在不怎么开心。他坐在那里，汤罐儿挡住了他的眼睛，他只能透过汤罐儿下边一道细缝儿看到一点儿自己的鞋。他只得不停地问自己的爸爸："我们现在到哪儿啦？过了糕点摊儿了吗？我们快到小猪场了吧？"

沿途所有的庄园的名字都是埃米尔自己起的。那个庄园之所以叫糕点摊儿,就是因为有一次埃米尔路过那里时,两个长得很胖的小孩子正站在栅栏门口吃糕点。小猪场这个名字是根据埃米尔喜欢的一只小猪起的,他有时给它后背挠痒痒。

但是此时此刻埃米尔坐在那里很沮丧,他只能看到自己的鞋,既看不见糕点,也看不见可爱的小猪。他一路上问个没完没了:

"我们现在到哪儿啦?快到马利安娜隆德了吧?"

埃米尔戴着汤罐儿走进医生的候诊室时,那里坐满了人。所有的人马上对他产生了深深的同情。他们心里明白,发生了某种不幸。只有一个讨厌的小老头儿笑起来没完没了,好像头被卡在汤罐儿里是一件有趣的事情。

"哈哈哈,"老头儿说,"你的耳朵冷吧,小伙子?"

"不冷。"埃米尔说。

"真的?那你为什么把那玩意儿戴在头上?"老头儿问。

"不戴我的耳朵就该冷了。"埃米尔说。虽然他年龄很小,但确实能让人觉得他很风趣。

随后,埃米尔来到医生身旁,医生没有笑他。他只是说:"你好,你好!你在那里边做什么呢?"

埃米尔看不见医生,但无论如何也要问医生好,所以他戴着那个汤罐儿深深地鞠了个躬。这时候,"嘭"地响了一声,汤罐儿从中间裂开了。因为埃米尔戴着汤罐儿的头重重地碰到医生的写字台上。

"我的4克朗这下子算泡汤了。"埃米尔的爸爸小声对埃米尔的妈妈说。但是医生还是听到了:

"对,不过你们还能赚1克朗,"他说,"因为我把罐子从男孩头上取下来,一般收5克朗。现在他自己把事儿办好了。"

这时候埃米尔的爸爸高兴起来,他非常感谢埃米尔自己撞碎了汤罐,从而赚了1克朗。他带着那个破碎的汤罐儿、埃米尔和埃米尔的妈妈立即离开那里。但是当他们来到大街上时,埃米尔的妈妈说:

"多好啊,我们现在又赚了1克朗!我们拿这个钱买什么呢?"

"这里没有什么可买的,"埃米尔的爸爸说,"我们存起来吧。但是埃米尔可以往自己的猪形储币罐里增加5厄尔,这样才算公平。"

他马上从自己的钱包里拿出5厄尔,递给埃米尔。猜猜看,埃米尔会有多高兴!

他们起程回伦纳贝亚村的家。埃米尔坐在后排,心满意足,手里拿着那枚5厄尔的硬币,头上戴着"猫子",看着沿途所有的孩子、狗、马、奶牛和小猪。如果埃米尔是一个普通的孩子,这一天也就不会再发生什么事了。但是埃米尔不是普通的孩子,猜猜看,他又做什么啦!他把那5厄尔硬币塞到嘴里去了。就在他们经过小猪场的时候,从后座传来"咕噜"一声,埃米尔把硬币咽下去了。

"哎哟,"埃米尔说,"下去得真快!"

这时候埃米尔的妈妈又重新不安起来。

"哎呀,我们怎么样把5厄尔硬币从孩子肚子里掏出来呢?我们只能回到医生那里。"

"噢,你可真会算账,"埃米尔的爸爸说,"为了找回 5 厄尔,我们再付给医生 5 克朗?你上学的时候,算术及格吗?"

埃米尔对这件事显得很平静。他拍着肚子说:

"我完全可以当自己的猪形储币罐,把 5 厄尔存在家里的猪形储币罐儿里跟存在肚子里完全一样。因为谁也无法从那里把钱取走。我用菜刀试过,所以我知道。"

但是埃米尔的妈妈不肯让步。她要带埃米尔回去找医生。

"上次他把所有的裤子扣儿都吃了的时候,我什么话也没有说。"她提醒埃米尔的爸爸,"但是 5 厄尔硬币很难消化,我担心会出事!"

她把埃米尔的爸爸给吓住了,他把马车掉了个头,重新回到马利安娜隆德,因为埃米尔的爸爸也很担心自

己的儿子。

他们匆匆忙忙跑到医生身边,心都跳到嗓子眼儿了。

"你们忘了什么吗?"医生问。

"没有没有,只是埃米尔咽下去一枚5厄尔的硬币。"埃米尔的爸爸说,"如果花4克朗或者多一点儿……请医生给他动一下小手术……那么您还可以留下那5厄尔!"

这时候埃米尔扯了一下爸爸的大衣,小声说:

"别卖好!那是我的5厄尔!"

医生当然不要埃米尔的5厄尔。他说不需要动什么手术,过几天那5厄尔硬币会自动排泄出来。

"但是你要吃5块蛋糕,"医生说,"这样5厄尔就会跟它们搭个伴儿,免得刺激你的胃。"

这是一位仁慈的医生,这次他分文未取。当埃米尔的爸爸同埃米尔、埃米尔的妈妈站在大街上时,对此非常满意。

但是埃米尔的妈妈想立即就去"斯文松小姐家庭面包房"为埃米尔买5块蛋糕。

"用不着买,"埃米尔的爸爸说,"我们家里还有蛋糕。"

埃米尔想了一下。他很会想出这样或那样的鬼点子,再说他也饿了,因此他说:

"我有5厄尔在肚子里,我一旦够着它,我就自己买蛋糕。"

他又想了一会儿,然后说:

"爸爸,你能不能借我5厄尔,就几天时间?保证如数还给你!"

这次埃米尔的爸爸同意了,他们走到"斯文松小姐家庭面包房",为埃米尔买了5块蛋糕,非常好吃,圆圆的、焦黄的,

上面还有糖。埃米尔狼吞虎咽地吃了下去。

"这是我这辈子吃到的最好的药。"他说。

但是埃米尔的爸爸有点财迷,这时候他有点昏头了,不知道自己做了什么。

"我们今天赚了不少钱。"他说,并马上为待在家里的小伊达买了5厄尔花道棍棍儿糖。

现在请你注意:这件事发生的那个时代,当时的小孩子都不在乎牙齿好不好,他们愚昧、无知。但是如今伦纳贝亚的孩子已经很少吃糖了,所以他们的牙齿也好了!

随后卡特胡尔特庄园的人回到卡特胡尔特。埃米尔的爸爸刚一进门,连大衣和帽子也没来得及脱,就急急忙忙去粘汤罐儿。不需要很高的技巧,因为只撞成两半儿。丽娜如愿以偿,她高声对正给马卸套的阿尔弗雷德说:

"卡特胡尔特这下子又可以吃肉汤了!"

丽娜坚信不疑,没错!她肯定忘记了埃米尔。

那个晚上埃米尔跟小伊达玩了很长很长时间。他给她在牧场的大石头中间搭了个小房子。她觉得特别开心。他每次想要一块棍棍儿糖时,就轻轻拧她一下。

但是天渐渐地黑了,埃米尔和小伊达想去睡觉。他们走进厨房,想看一看他们的妈妈是否在那里,她没在。那里没有一个

人,只有那个汤罐儿。它摆在桌子上,已经被粘好了。埃米尔和小伊达站在那里,看着在外边周游了一整天的那个十分有趣的汤罐儿。

"多好啊,它都转到马利安娜隆德那么远的地方去了。"小伊达说。然后她问:

"你怎么就把脑袋弄到汤罐儿里去了,埃米尔?"

"不费吹灰之力,"埃米尔说,"我就这样一来。"

正在这个时候埃米尔的妈妈走进厨房。她第一眼就看见埃米尔站在那里,头上戴着汤罐儿。埃米尔使劲往下拔汤罐儿,小伊达喊叫着,埃米尔也喊叫着。因为现在他又被卡住了,跟白天一样紧。

这时候埃米尔的妈妈抄起火钩子,猛地朝汤罐儿砸去,"嘭"的一声,整个伦纳贝亚都听到了。汤罐儿被砸得粉碎。碎片雨点般地落在埃米尔身上。

埃米尔的爸爸正在羊圈里干活儿,听到响声以后,赶紧跑过来。

他站在厨房门口,静静地看着埃米尔,看着满地的碎片和

埃米尔妈妈手里的火钩子。

埃米尔的爸爸一句话没说,他转身回到羊圈。

但是两天以后,他从埃米尔那里收回了那5厄尔硬币,这多少是个安慰。

好啦,现在你大体上知道了埃米尔是怎么样一个孩子。这是5月22日星期二那天发生的与那个汤罐儿有关的事情。不过你可能还想听别的故事。

6月10日 星期日
埃米尔把小伊达当国旗升到旗杆顶

6月10日星期日,卡特胡尔特庄园里要举行宴会。从伦纳贝亚和其他地方要来很多人。埃米尔的妈妈有好几天忙着准备饭菜。

"这回又要花很多钱,"埃米尔的爸爸说,"不过要搞宴会,就得花钱啊!不能太抠门儿!不过可以把肉丸子做得小一点儿。"

"我做得恰到好处,"埃米尔的妈妈说,"不大不小,圆润焦黄。"

她做的肉丸子真是这样。此外她还做了烧排骨、牛肉卷、色拉鲱鱼片、腌鲱鱼片、苹果派、炖鳗鱼、浇汁青菜、布丁和两个巨大的奶酪派,还有一种特色香肠,非常好吃。为了一饱口福,很多人不辞辛苦,从维莫比和赫尔特弗列德远道而来。

埃米尔也很喜欢这种香肠。

举行宴会这一天终于来到了。阳光灿烂,丁香和苹果树上

的花竞相开放，鸟儿在空中唧唧喳喳叫个不停，坐落在一个山坡上的卡特胡尔特庄园迷梦般的美。院子平整过了，房子的旮旮旯旯清扫过了，饭菜做好了，万事齐备。噢，还有一件事！

"哎呀，我们忘了升国旗。"埃米尔的妈妈说。

埃米尔的爸爸马上忙起来。他急忙朝旗杆走去，后边紧跟着埃米尔和小伊达。他们想看怎么样升国旗。

"我相信这次宴会一定会办得风光、开心。"埃米尔的妈妈对丽娜说，当时厨房里就剩她俩。

"对，但是为了万无一失，能不能先把埃米尔锁在一个房子里？"丽娜问。

埃米尔的妈妈用责备的目光看着她，但没说什么。

这时候丽娜扭过脖子，小声嘟囔着说：

"好啦好啦，

我没意见！不过我们等着瞧吧。"

"埃米尔是一个很令人喜欢的孩子。"埃米尔的妈妈非常肯定地说。从厨房的窗子，她能看见那个令人喜欢的孩子正和他的小妹妹在外边跑着玩。埃米尔的妈妈认为，那是两个非常漂亮的小天使，埃米尔穿着带格子的节日盛装，卷曲的头发，头上戴着那顶帽子，伊达身穿红色的新连衣裙，圆圆的肚子上系着白色的腰带。

埃米尔的妈妈神采奕奕。但是随后她不安地朝下边的路看了一眼，并说：

"让安东快把国旗升起来，因为我们的客人随时会到。"

看来升旗的事不会有什么问题。但是你说气人不气人，正当埃米尔的爸爸准备国旗的时候，阿尔弗雷德从畜圈跑来，用纯粹的斯莫兰方言高声说：

"母牛下崽子啦！母牛下崽子啦！"

这当然十万火急——这头母牛怎么这样，大家正忙着挂国旗和其他事，它偏偏在这时候要生小牛！

埃米尔的爸爸放下手里的一切事情，赶紧往畜圈跑。但是埃米尔和伊达仍然站在旗杆旁边。

伊达抬头仰望旗杆顶上那个金色圆球。

"真高呀，"她说，"在那上边肯定能看得很远，连马利安娜隆德也会看到！"

埃米尔想了想，但是没想多久。

"我们马上就可以试一试，"他说，"你愿意让我把你像升国旗似的升到上边去吗？"

小伊达笑了，啊，埃米尔真好，他总是能找出有意思的事情玩！

"好，我想看看马利安娜隆德。"小伊达说。

"那你就瞧好吧。"埃米尔友善地说。他拿起升国旗用的钩子，用它紧紧地钩住伊达的腰带，然后他双手拉紧升旗用的绳子。

"现在起程了。"埃米尔说。

"嘿嘿！"小伊达笑了。

林格伦作品选集
LINGELUN ZUOPINXUANJI

小伊达顺着旗杆升起来了,一直升到旗杆顶。然后埃米尔把绳子拴紧,就像爸爸平时做的那样,因为他不希望小伊达滑下来摔坏。这时候她悬在那里,再平稳、结实不过了。

"你看到马利安娜隆德了吗?"埃米尔高声问。

"没,"小伊达高声说,"只能看见伦纳贝亚。"

"嘿,只是伦纳贝亚……那你想下来吗?"埃米尔高声问。

"不想,现在还不想,"伊达高声说,"看看伦纳贝亚也挺有意思……不过,哎呀,现在客人都来啦!"

客人们真的来啦。畜圈前面的院子停满了车和马,很快他们就会从栅栏门拥进来,慢慢朝大厅走去。走在前面的是高贵的彼特尔夫人。她是乘出租四轮马车从维莫比来的,特意要尝一尝埃米尔母亲阿尔玛做的香肠。她是一位非常高贵的夫人,帽子上插着羽毛,丰乳肥臀。

彼特尔夫人满意

地朝周围看了看。卡特胡尔特庄园确实很漂亮,它沐浴在阳光下,周围是苹果树和丁香树,啊,真是一派节日景象,国旗已经升起……噢,是升起了,尽管她有点儿近视,但她还是看见了。

国旗!彼特尔夫人突然停住脚步,她惊呆了。我的上帝,卡特胡尔特庄园里的斯文松家的人在搞什么名堂,真让她不敢相信!

埃米尔的爸爸正好从畜圈走来,彼特尔夫人高声对他说:

"亲爱的安东,这是什么意思?你们为什么要升起那'丹内布罗根'?"

埃米尔站在她身边。他不知道"丹内布罗根"是什么东西。他一点儿也不知道那是丹麦人红白相间的国旗名字。但是

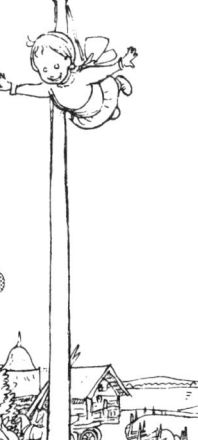

他很清楚,旗杆上红白相间的东西不是什么"丹内布罗根"。

"嘿嘿,"埃米尔笑了,"那是小伊达!"

小伊达悬在空中,她也笑了。

"嘿嘿,是我呀,"她高声说,"我能看到整个伦纳贝亚。"

埃米尔的爸爸可没笑。他赶忙把小伊达放下来,这时候小伊达说:

"嘿嘿,自从埃米尔那次把我放进果酱缸里以来,从来没有像这次这么开心。"

她指的是那次她和埃米尔玩印第安人游戏,为了使她像印第安人那样浑身呈现出红色,埃米尔把她泡在一个大果酱缸里。

啊,埃米尔确实尽力使伊达玩得开心,但是没人领他的情。恰恰相反!这时候他的爸爸狠狠地抓住他的胳膊,使劲摇他。

"我说什么来着。"当丽娜看见埃米尔的爸爸把埃米尔拉向木工房的时候,她这样说。木工房是埃米尔淘气惹祸以后经常待的地方。

埃米尔又哭又叫。

"她自己想看马……利……安……娜……隆德。"他抽泣着说。

埃米尔认为,他的爸爸非常不公正。没有人告诉过埃米尔,他不得让小伊达看马利安娜隆德。她只是看到了伦纳贝亚,但那不是他的过错!

林格伦作品选集
LINGELUN ZUOPINXUANJI

埃米尔继续哭,但是等他的爸爸锁好门转身一走,他马上不哭了。实际上待在木工房挺有意思的。那里有很多小木头块儿,小木头条儿,可以用它们做很多东西。埃米尔每次淘气以后被迫坐在木工房里的时候,都要削一个木头小老头儿。他已经有了54个,看样子还会不断增加。

"我才不稀罕他们老掉牙式的宴会呢,"埃米尔说,"爸爸愿意升国旗,让他自己去升好了。我要削一个新的木头老头儿,让他自始至终带着生气、愤怒的表情。"

埃米尔知道,他很快就会被放出去。他不需要在木工房里待很长时间。

"就是要让你好好想一想为什么要淘气,"他的爸爸经常这样说,"免得你再淘气。"

埃米尔在这方面很诚实,他淘气很少重复,总能找到新的淘气花样。

此时埃米尔坐在那里削自己的木头老头儿,也在思考与伊达淘气的事。木头老头儿很快就削好了,因为这对他来说易如反掌。

做完以后埃米尔想出去了。但是他们只顾忙宴会的事,肯定是把他忘了。他等呀,等呀,就是没人来。这时候埃米尔开始考虑用什么方法出去。

可以从窗子吧!"大概没什么难的。"埃米尔想。窗子当

然很高，但是蹬着紧靠墙的木头垛可以爬上去。

埃米尔打开窗子想跳出去。他看见窗子下边长着密密麻麻令人讨厌的荨麻，如果跳到一堆荨麻中间会挨扎的。埃米尔干过一次，当时想试一试感觉。现在他明白了，他不想再往下跳了。

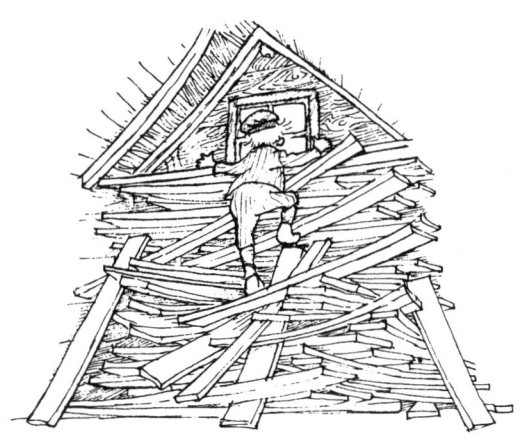

"我才不是疯子呢，"埃米尔说，"我肯定能想出更好的办法。"

如果你有机会去卡特胡尔特这类庄园一趟的话，你就知道了，那里是什么样子，那里组合无序的房子特别有意思。你一到那里，马上就想玩捉迷藏。在卡特胡尔特庄园里，不仅有马厩、畜圈、猪舍、鸡窝和羊圈，还有很多其他的小房子、小棚子。其中有一个熏肉的房子，埃米尔的妈妈在那里制作香肠；一个洗衣房，丽娜在那里洗脏衣服；那里还有两栋紧靠在一起的其他房子。其中一个放木柴，也当木工房；另一个储存食品，也可以在那里熨衣服。

埃米尔和小伊达晚上经常在那些房子中间玩捉迷藏。当然

是在没有荨麻的地方。

但是此时此刻，埃米尔什么也玩不成了。他被困在那里，就是因为在木工房和食品储藏室之间那小块平地上长着很多荨麻。

埃米尔动脑筋想。他看到对面食品储藏室的窗子开着，便想出一个好主意。在木工房窗子和储藏室的窗子之间搭上一块木板不是什么难事，然后爬过去。他现在对待在木工房实在太厌烦了，再说他也感到肚子饿了。

埃米尔想起什么就做什么，从来不会三思而后行。很快那块木板就放好了，埃米尔开始爬。真够可怕的，因为那块木板很窄，埃米尔很重。

"如果能顺利爬过去，伊达就可以得到我那个木偶人，我保证。"埃米尔一边爬一边说。真讨厌，木板嘎巴嘎巴地响，当他看着下边的荨麻时，他吓得头晕目眩。

"救命!"埃米尔高喊一声,随后失去了平衡。眼看着他朝那片荨麻掉下去,但是在最后一瞬间他用双腿夹住了木板,又翻上去了。后来就顺利了,他成功地爬进食品储藏室。

"小事一桩,"埃米尔说,"我想无论如何伊达还是可以得到我的木偶人……改一天吧……如果它已经坏了的话……啊,让我看一看再说吧!"

他用力推那块木板,木板又回到木工房,因为埃米尔喜欢整洁。然后他跑向大门,用手试了试。门锁着。

"跟我想的一样,"埃米尔说,"不过他们很快就会来取

香肠，那时候我就知道该怎么溜掉。"

埃米尔用鼻子吸了吸气。食品储藏室里很香，那里有很多好吃的东西。埃米尔朝四周看了看。啊，一点儿也不错，这里有好吃的东西。房顶上挂着熏香肠，圆形硬面包挂了满满一竿子，因为埃米尔的爸爸特别喜欢肉汤泡硬面包。墙角放着面包柜子，里边有各式各样的长面包；旁边的折叠桌上摆着多种黄色的干奶酪，陶罐里盛满新制作的黄油。桌子后边有一个木桶，里边放满腌猪肉；旁边有一个大柜子，埃米尔的妈妈把草莓果汁、腌黄瓜、姜汁梨和草莓酱放在里边。但是在柜子的最中间一格，放着美味的香肠。

埃米尔喜欢香肠，他真的很喜欢。

卡特胡尔特庄园里的宴会正热火朝天地进行着。客人们已经喝过咖啡吃过点心，现在坐在那里，只等过一会儿饿了，开

始吃排骨、色拉、香肠和其他佳肴。

正当他们坐在那里时,埃米尔的妈妈突然喊起来:

"哎呀,我们忘了埃米尔!他在那里待的时间太长了,可怜的小家伙!"

埃米尔的爸爸赶紧朝木工房跑,小伊达跟在后边。

"现在,埃米尔,你可以出来了。"埃米尔的爸爸高声说,并把门打开。你猜猜他会有多么吃惊!那里已经没有埃米尔!

"他从窗子逃跑了,这个淘气鬼。"埃米尔的爸爸说。

但是当他朝外看的时候,窗下边的荨麻又直又好,一点儿也没有被踩过的痕迹,这时候埃米尔的爸爸有些不安起来。

"真有点儿奇怪,"他说,"没有人踩过,连一个脚印也

没有。"

这时候小伊达哭了。埃米尔出什么事啦？丽娜经常唱一首民谣，听起来挺悲伤的。内容是：一个小姑娘被人锁在一只令人讨厌的木桶里，后来她变成了一只白鸽，飞上天空。埃米尔被锁起来了，谁知道他是不是也变成了鸽子飞走了！小伊达朝四周看了看，没有什么鸽子。她唯一看到的是一只肥胖的白母鸡，它正在木工房外边找虫子吃呢。

小伊达一边哭一边指着那只母鸡说：

"那个可能就是埃米尔。"

埃米尔的爸爸不相信。但是为了保险，他去找埃米尔的妈妈，问她发现没发现埃米尔会飞。

她没有发现过。这下子卡特胡尔特庄园可热闹起来啦。宴会只好等一等再进行了。大家都得出去找埃米尔。

"他肯定还在木工房里，这你还不知道。"埃米尔的妈妈说，大家跑过去，再仔细看一看。

但是那里确实没有埃米尔。那里只有 55 个小木头老头儿，一字摆在架子上。彼特尔夫人从来没有看到过这么多的木头老头儿，她问这是出自谁人之手。

"除了我们家的小埃米尔还能有谁呢？"埃米尔的妈妈一边说一边开始哭，"他是一个非常可爱的小男孩。"

"哎呀！"丽娜一边说一边梗了梗脖子，然后用地道的斯莫兰方言开了腔，大意是：

"我们最好到食品储藏室那里去看看！"

丽娜这个想法还不坏。大家又冲向食品储藏室。但是那里没有埃米尔！

小伊达默默地哭了，心里非常难过，当人们不注意的时候，她走到白母鸡身边，小声说：

"请你不要飞向天空,亲爱的埃米尔!我一定给你鸡食吃,只要你留在卡特胡尔特!"

但是母鸡什么表情也没有。它"咯嗒咯嗒"地叫着走开了。

啊,卡特胡尔特庄园的人可被折腾苦了!木工房和熨衣房,那里没有埃米尔!马厩、畜圈、猪舍……都没有埃米尔!羊圈、鸡舍、熏肉房和洗衣房……哪儿都没有埃米尔!这时候他们到井里去找,那里也没有埃米尔,多亏不在那里,但是大家都哭了。参加宴会的伦纳贝亚村村民互相小声地说:

"那确实是一个非常可爱的小家伙,那个埃米尔!他可不是什么真刺儿头……我从来没有这么说过!"

"他可能掉进河里了。"丽娜说。卡特胡尔特河水流湍急,小孩子掉进去很容易被淹死。

"他是不允许到那里去的,这你知道。"埃米尔的妈妈严厉地说。

丽娜梗了梗脖子。

"对呀,所以才应该去看看。"她说。

这时候大家都朝河边跑去。谢天谢地,他们没在那里找到埃米尔,不过他们比刚才哭得更厉害了。埃米尔的妈妈本来想,要把这一天的宴会办得开心、圆满!

现在已经没有什么地方可找了。

"天啊,我们该怎么办呢?"埃米尔的妈妈说。

"我们还是先吃点儿饭吧。"埃米尔的爸爸说。他说得对,因为大家又伤心,又到处找埃米尔,这时候已经很饿了。

埃米尔的妈妈开始往桌子上摆饭菜。她拿色拉鲱鱼片时还掉了几滴眼泪在里边,连同这个菜一起摆上餐桌的还有牛肉卷、烧排骨、奶酪派和很多其他菜。彼特尔夫人舔了舔嘴唇,看起来真够馋人的。但是她没有看见香肠,这使她不安起来。

但就在这个时候埃米尔的妈妈说:

"丽娜,我们忘记拿香肠了!赶快去取!"

丽娜跑着走了。大家急切地等待着,彼特尔夫人赞同地说:

"香肠,对呀!"她说,"人在悲伤的时候,香肠一定很好

吃。"

这时候丽娜回来了,没有拿香肠。

"你们大伙儿跟我来,我让你们看一样东西。"她说。

她的表情有点儿怪,不过她平时经常这样,大家也就没在意。

"你又想出什么蠢事啦?"埃米尔的妈妈严厉地说。

丽娜的表情更加奇怪,她神经兮兮地暗笑。

"跟我走吧!"她说。大家依着她,所有参加卡特胡尔特宴会的人。

丽娜走在前边,其他人跟在她后边惊奇地来到食品储藏室。他们自始至终听见她神经兮兮地笑。她打开沉重的大门,迈过高高的门槛,大家跟着她,她把他们领到一个大柜子跟前,"嘭"的一声打开柜子门,用手指着埃米尔妈妈平时存放香肠的柜子最中间的一格。

现在那里已经没有香肠,但是埃米尔在那里。

他睡着了。他躺在一大堆香肠皮里睡着了,那

个可爱的小男孩,而他的妈妈就像在自己的柜子里发现了金疙瘩一样高兴。就是埃米尔把所有的香肠都吃了又有什么了不起!在那格柜子里找到埃米尔比找到几公斤香肠要好上千万倍。埃米尔的爸爸也有同感。

"嘿嘿,埃米尔躺在那儿,"小伊达说,"他没有变成别的,至少没变太多。"

你想一想,找到一个吃香肠吃得饱饱的小男孩令那么多人兴奋不已!最后卡特胡尔特庄园的宴会开得圆满成功。埃米尔的妈妈找到一块埃米尔没吃完的香肠。彼特尔夫人津津有味地吃了下去。其他没有吃到香肠的人也没有饿着肚子离开宴会,因为那里还备有烧排骨、牛肉卷、浇汁青菜、布丁和炖鳗鱼,他们敞开肚子吃。最后他们吃带有草莓酱和奶油的奶酪派。

"真是盖了帽儿啦。"埃米尔用地道的斯莫兰方言说。如果你曾经吃过卡特胡尔特庄园制作的奶酪派,那你就会知道,他说的是真话,埃米尔!

夜晚到来了,晚霞使卡特胡尔特、伦纳贝亚和整个斯莫兰更加美丽迷人。埃米尔的爸爸降下国旗。埃米尔和小伊达站在旁边观看。

卡特胡尔特的宴会结束了,大家各自回家。一辆接一辆的马车驶向大路。走在最后的是彼特尔夫人的四轮马车。埃米尔和小伊达听着马蹄声消失在山坡下。

"我希望,她能善待我的小老鼠。"埃米尔说。

"哪只小老鼠?"伊达问。

"我装在她手包里的那只。"埃米尔说。

"你为什么要这样做?"小伊达问。

"啊,因为它太可怜了,"埃米尔说,"它这辈子除了放香肠的那个大柜子,别的什么也没有看见过。我想让它起码看看维莫比。"

"彼特尔夫人真能善待它就好了。"小伊达说。

"她肯定能。"埃米尔说。

这就是6月10日这一天发生的事情,埃米尔把小伊达当国旗升到旗杆顶,吃了所有的香肠。可能最后你还想听有关他的故事。

7月8日 星期日
埃米尔去赫尔特弗雷德赶大集

阿尔弗雷德,就是卡特胡尔特庄园雇的那个长工,非常喜欢小孩,特别是埃米尔。埃米尔很淘气,是个小捣蛋鬼,但阿尔弗雷德根本不在乎。他就是喜欢埃米尔,还给他制作了一杆木制毛瑟枪,看起来跟真的一样,就是不能射击,但是埃米尔嘴里喊着"乒,乒——"还是射击,结果吓得卡特胡尔特庄园

里的麻雀有好几天不敢出来。埃米尔喜欢自己的枪,夜里睡觉时也要放在身边。"我要我的'墙'。"他用地道的斯莫兰方言说。他的妈妈经常听错,赶紧把"猫子"给他拿来,弄得他很不高兴。"我不是要'猫子',"埃米尔喊叫着,"我要我的'墙'!"这时候他的妈妈马上给他拿枪。

啊,埃米尔爱自己的枪,但是更爱给他制作枪的阿尔弗雷德。当阿尔弗雷德要去赫尔特弗雷德大广场服兵役时,他急哭了也就不奇怪了。你大概不知道服兵役干什么,不过我告诉你,那个时代服兵役就是学习当士兵。伦纳贝亚和全国其他地区的长工都必须服兵役、学习当士兵。

"不过你想想,我们马上就要收割牧草,真有必要一定要服兵役?!"埃米尔的爸爸说。

他不喜欢收获季节阿尔弗雷德离开,因为这个时候卡特胡尔特庄园的人特别忙。但这事不由埃米尔的爸爸决定,而是由

国王和他的将军们决定，伦纳贝亚的长工们要到赫尔特弗雷德广场去学习当士兵。此外，阿尔弗雷德学习完了还要回家一次，不过时间不会很长。其实埃米尔用不着因为这个哭鼻子，可是他还是哭了，丽娜也哭了。因为爱阿尔弗雷德的不仅仅是埃米尔。

阿尔弗雷德没有哭。他说在赫尔特弗雷德可以"赶大集"，非常开心。当马车送他走的时候，大家站在那里都很伤心，不停地挥手向他告别，这时候他满脸笑容，高声唱起了歌谣，为的是不让大家过分伤心。他唱的那段歌词是：

在莱纳平原的埃克舍城，
波尔卡舞优美、轻盈，
赫尔特弗雷德也不逊色，
姑娘们荡起秋千个个都轻松。

哈里——达里,哈里——达里——达,

哈里——达里,哈里——达里——达……

后来他们听不到阿尔弗雷德的声音了,因为丽娜扯开嗓子哭个没完。拉着阿尔弗雷德的马车拐弯以后就消失了。

埃米尔的妈妈竭力安慰丽娜。

"请你别伤心了,丽娜,"她说,"忍到7月8日吧,那天赫尔特弗雷德广场有大集,我们到那里去看望阿尔弗雷德。"

"我也想去赫尔特弗雷德赶大集和看望阿尔弗雷德。"埃米尔说。

"我也去。"小伊达说。

但是埃米尔的妈妈摇了摇头。

"小孩子到这些场合去没有什么意思,"她说,"只能在人群里挤丢了。"

"我喜欢在人群里挤丢了。"埃米尔说,但说什么都没用。

7月8日那天早晨,埃米尔的妈妈、埃米尔的爸爸和丽娜坐车到赫尔特弗雷德去了,把埃米尔和小伊达交给克吕莎-玛娅照看。克吕莎-玛娅是一位老太太,她有时候来卡特胡尔特庄园帮点儿忙。

小伊达是个听话的孩子。她很快就坐到克吕莎-玛娅的膝盖上,听她讲了几个很可怕的鬼怪故事,随后伊达就心满意足了。

埃米尔可不是那样。他手持毛瑟枪转悠到马厩坡上,气得简直要炸了。

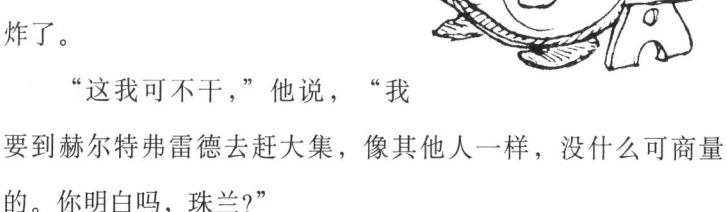

"这我可不干,"他说,"我要到赫尔特弗雷德去赶大集,像其他人一样,没什么可商量的。你明白吗,珠兰?"

他说的珠兰就是他们家正在马厩后边的牧场上吃草的那匹老母马。卡特胡尔特庄园也有一匹年轻的马,它叫马尔库斯。但是现在,马尔库斯拉着埃米尔的爸爸、埃米尔的妈妈和丽娜走在去赫尔特弗雷德的路上,哎呀哎呀,就许他们几个出去寻

欢作乐!

"但是现在有两个要飞速地跟在他们后边,"埃米尔说,"就是你和我,珠兰!"

事情就这样定了。埃米尔给母马套上笼头,把它从牧场里拉出来。

"没什么可担心的,"他对珠兰说,"我去了,阿尔弗雷德会高兴,你肯定也会找到另外一匹老母马,在一起坐着聊天,如果你没有力气逛大集的话。"

他把珠兰拉到栅栏门旁边,因为他需要蹬着什么东西才能爬到马背上。这小子还真够聪明的!

"现在开拔,"埃米尔说,"哈里——达里,哈里——达里——达,我们回来时,再跟克吕莎-玛娅说再见。"

珠兰驮着埃米尔蹒跚地顺着山坡往下走,埃米尔雄赳赳地坐在马背上,把枪放在胸前,那支毛瑟枪可要带到赫尔特弗雷德去!因为阿尔弗雷德正在那里学习当士兵,埃米尔也想当士兵。阿尔弗雷德有步枪,埃米尔有毛瑟枪,差不多一样,两个

都是士兵,埃米尔想,应该是这样。

珠兰老了。它走不快,为了使它的心境好一些,埃米尔用地道的斯莫兰方言给它唱歌:

我的母马,步履真蹒跚,

两腿直打战,

那有啥可叹?

我的"墙"和我,它都能承担,

磕磕绊绊没关系,

阳关大道走向前。

林格伦作品选集
LINGELUN ZUOPINXUANJI

不管珠兰怎么步履蹒跚,磕磕绊绊和慢慢腾腾,最后他们还是到了赫尔特弗雷德广场,它和埃米尔。

"盖帽儿了,"埃米尔高喊着,"现在我们可以赶大集啦!"

但是随后他就不说话了,把眼瞪得大大的。他当然知道世界上有很多人,但是像赫尔特弗雷德广场一下子集中那么多人,大大出乎他的意料。他从来没有看见过那么多人,大广场

周围站着上千人,广场中间的一个操场上,士兵们正在练习枪上肩、左右转之类的常规科目。一副凶相的一个小胖老头儿骑着马来回转,严厉地向士兵们下达着各种口令,他们都听他的,他说什么,他们就做什么。埃米尔觉得很奇怪。

"怎么不是阿尔弗雷德说了算呢?"他问身边的几个农家男孩。但是他们只是看着士兵,没有回答。

埃米尔也喜欢看士兵练习枪上肩,但是看一会儿就烦了,

他想首先找到阿尔弗雷德,这是他来这里的目的。但是所有的士兵都穿蓝色的制服,样子都差不多。在人群里找到阿尔弗雷德可不容易。

"哎呀,等等吧,让阿尔弗雷德找我,"埃米尔对珠兰说,"他会过来喊我,到时候那个满脸凶相的老头儿自己愿意怎么练习枪上肩就怎么练习吧。"

为了让阿尔弗雷德能看见他,埃米尔把马骑到所有士兵前边,并使足了劲儿喊:

"你在哪儿?阿尔弗雷德!快过来,我们去赶集!你没有看见我吗?"

看见了,阿尔弗雷德肯定看见是埃米尔来了。埃米尔戴着"猫子",扛着他的"墙",骑着那匹老母马。但是阿尔弗雷德正站在士兵队列里,不敢站出来,他怕那个自始至终发号施令的满脸凶相的小胖老头儿。

这时候满脸凶相的小胖老头儿骑着马来到埃米尔身边，非常客气地说：

"怎么回事儿，我的孩子？你从爸爸、妈妈身边走散了？"

这是埃米尔很长时间以来听到的最愚蠢的一句话。

"我没有走散，"他说，"我不是在这儿吗！如果说有谁走散的话，那是爸爸、妈妈。"

他说得非常对，埃米尔。他的妈妈说过，小孩子可能在赫尔特弗雷德走散了。但是现在她自己和埃米尔的爸爸还有丽娜

站在密密麻麻的人群中,他们俩人都觉得走散了,因为他们当中没有一个人可以从人群中走出来。

他们看到了埃米尔,真的看到了!他们确实看见他戴着自己的"猫子",扛着自己的"墙",骑着那匹老母马过来了,埃米尔的爸爸说:

"埃米尔淘气攒够了,又该削一个新木头老头儿了。"

"是够了,"埃米尔的妈妈说,"不过我们怎么样才能抓到他呢?"

对,正是这个问题!如果你到赫尔特弗雷德广场赶过大集,你就会知道,那里有多么热闹。士兵一结束操练,整个大广场一下子被挤得水泄不通。不用说找埃米尔,就连自己也几乎找不到。除了埃米尔的爸爸、妈妈,想找埃米尔的还有阿尔弗雷德。因为现在他没事儿啦,不再进行操练。他想和埃米尔一起散散心。但是要在赫尔特弗雷德广场的人群中找个人可不是一件简单的事。几乎所有的人都在到处找人。阿尔弗雷德找埃米尔,丽娜找阿尔弗雷德,埃米尔的爸爸找埃米尔的妈妈,因为她确实走散了。埃米尔的爸爸花了两个小时,最后找到她,她被夹在来自维莫比的几个肥胖的老头儿中间,惊恐不安。

埃米尔谁也没有找到,谁也没有找到埃米尔。这时候他明白了,他只能自己逛大集了,如果不白来一趟的话。

在他开始逛之前,他必须为珠兰安排一下,给它找一个友

善的老马,在他逛的时候,它们好坐着聊天,这是埃米尔答应过的。

他没有给珠兰找到老母马。但是找到了马尔库斯,这下子更好了。马尔库斯正站着吃牧草,它拴在森林边的一棵树上,旁边停着卡特胡尔特庄园的那辆旧车,埃米尔一下子就认出来了。看得出来,珠兰看见马尔库斯时非常高兴。埃米尔把它拴在同一棵树上,从车上抱来一堆牧草。那个时候人们外出都要给马带牧草。珠兰立即吃了起来,这时候埃米尔感到,他自己也饿了。

"不过一时半会儿的我还不至于吃牧草。"他说。

大概不需要吃牧草。广场上挤满了各种各样的小食摊,你可以买三明治、香肠、蛋糕、甜饼,各种食品应有尽有。如果你有钱的话。

那里为逛大集的人安排了各种有趣的活动。马戏团、舞场,有旋转木马的儿童乐园和其他有趣的东西……看呀,那里

有一个吞宝剑的人,他能把宝剑吞下去;一个吞火的人,他能把火吞下去;还有一个强壮的女人,她长着胡子,除了每个小时要喝一次咖啡、吃一次蛋糕以外,她什么也不能吞。她当然发不了财,但是她很幸运,长了胡子。她也能以此挣钱,收入还不错。

在赫尔特弗雷德广场什么都要钱。而埃米尔没有钱。

像我前面说过的那样,他是一个非常聪明的小男孩。他什么东西都想看,他想先看马戏,因为比较容易办到。只要爬到帐篷后边的一个箱子上,从帐篷上的一个窟窿就可以往里边看。帐篷里边的一个丑角一边跑一边表演,逗得埃米尔开怀大笑,他从箱子上滚下来,脑袋磕在一块石头上。这时候他放弃看马戏了。他也饿了,比刚才还要饿。

"饿着肚子怎么逛大集,"埃米尔想,"没钱就没有饭吃。

我必须得想想办法。"

他发现广场上有各种不同的挣钱办法,那肯定有某种适合他的。吞火和吞宝剑他做不到,再说他也没有胡子,他能做什么呢?

埃米尔静静地站在那里想。这时候他发现,在人群中的一个箱子上,坐着一位可怜的盲人老头儿。他在唱非常悲伤的民歌,听起来让人心酸,但是他以此挣钱。他把帽子放在前边地上,不断有好心人往里边投放零钱。

"这个我也会,"埃米尔想,"正合适,我也戴着'俄的猫子'。"他把帽子放在前边的地上,开口唱起来:"我的母马步履真蹒跚……"谁愿意听就听。

他的周围很快来了很多人。

"啊,多可爱的小男孩,"他们说,"他一定很穷,不然他怎么会站在这儿卖唱呢。"

在那个年代有很多穷孩子没有饭吃,这时候有一个很友善

的阿姨走到埃米尔身边问：

"亲爱的小朋友，你今天吃饭了吗？"

"吃了，但吃的是牧草。"埃米尔说。

这时候他们从内心里都非常可怜他。一位从韦纳来的农民个子很小，但很友善，听了以后还流出了泪水，他为这样一个孤苦伶仃的孩子哭了，孩子的头发多漂亮啊。

大家开始往埃米尔的"猫子"里投钱，有2厄尔硬币，有5厄尔硬币，也有10厄尔硬币。那位友善的小个子农民也从裤兜里掏出一枚2厄尔硬币，但马上后悔了，他又放回去，并小声对埃米尔说：

"如果你跟我到我的马车那边去，你可以再吃点儿牧草。"

但是这时候埃米尔已经很富有了，帽子里装满了钱。他没有去，而是为自己买了一大堆三明治、蛋糕、甜饼和饮料。

他把全部东西吃下去以后，花了4克朗20厄尔坐了42回旋转木马。埃米尔过去从来没有坐过木马，他不知道世界上还有这么好玩的东西。

"现在我总算逛足了大集。"他想。他坐在旋转木马上，卷曲的头发飘来飘去，"我有过很开心的日子，但从来没这么开心过。"

然后他去看吞剑、吞火和那位长胡子的女士，玩了一圈以后，他只剩下2厄尔。

"我如果再唱一段新的,我'猫子'里的钱又会满起来,"埃米尔想,"这里的人都很善良。"

但是这时候他感觉自己已经很累了。他不想再唱了,他不想要更多的钱,所以他把剩下的 2 厄尔给了那个盲人老头儿,然后溜溜达达地去找阿尔弗雷德。

如果埃米尔认为,这里所有的人都很善良,那他就错了。

这里也有个别坏人，他们在这天也来到赫尔特弗雷德广场。在这个地区的一段时间里，一个穷凶极恶的小偷横行乡里。他被称作"麻雀"，一提到他，整个斯莫兰的人都害怕。在《斯莫兰报》和《赫尔特弗雷德邮报》上都刊登了很多他的丑行。在各种聚会、集市和其他场合，只要有人和钱的地方，"麻雀"肯定会出现在那里，大肆进行盗窃。为了不让大家认出他来，他每次换上不同的胡子。这一天他就来到了赫尔特弗雷德广场，他戴着黑色礼帽和黑胡子到处乱窜，伺机作案。没有人知道"麻雀"偷偷地来了，否则大家都会被吓坏的。

但是，如果"麻雀"聪明一点儿的话，他就不该与拿着"墙"的伦纳贝亚的埃米尔同一天来到赫尔特弗雷德广场。你猜一猜发生什么事了？

埃米尔心平气和地去找阿尔弗雷德，这时候他正经过那位长胡子女士的帐篷，他从门外看见她正坐在里边数钱。她想看看，她的胡子在赫尔特弗雷德仅仅一个仁慈的星期天究竟挣了

多少钱。

真没少挣,从她心满意足地捋着胡子的表情就可以看出来。这时候她看见了埃米尔。

"进来吧,小伙子,"她喊着,"你可以免费看我的胡子,因为你长得很可爱。"

埃米尔刚才已经看过了胡子,不过有人邀请的时候,不应该拒绝。因为是完全免费的,所以他就戴着自己的"猫子",拿着自己的"墙",走进去看长胡子的女士,平时这样看要花大约25厄尔。

"怎么样才能长出这么漂亮的胡子?"埃米尔客气地问。但是那位长胡子的女士没来得及回答。因为在同一瞬间一个可怕的声音吼道:

"立即把钱给我,不然我就揪掉你的胡子!"

是"麻雀"。他神不知鬼不觉地钻进帐篷里来了。

那位长胡子的女士吓得脸色苍白,当然有胡子的地方除外。当这位可怜的女士正准备把自己所有的钱都交给"麻雀"时,埃米尔小声对她说:

"拿我的'墙'!"

那位女士顺手抄起埃米尔递给她的枪。帐篷里很黑,看不清东西,长胡子女士以为是一杆射击用的真枪。真够不错的……"麻雀"也以为是真枪!

"举起手来,不然我就开枪了!"长胡子女士喊叫着。这时候"麻雀"吓得脸色苍白,把手举到空中,站在那里浑身打战。长胡子女士趁机喊警察,整个赫尔特弗雷德广场都能听得到。

警察来了,从此以后人们在赫尔特弗雷德或者其他地方再也没见到过"麻雀"。斯莫兰的一切偷盗活动也绝迹了。啊,啊,不能这么说,可能还有。长胡子的女士由于捉到"麻雀",在《斯莫兰报》和《赫尔特弗雷德邮报》上受到很多表扬。但是关于埃米尔和他的"墙",谁也没写过一个字。因此我认为,到了该讲事情真相的时候了。

"真凑巧,我去赫尔特弗雷德的时候,既戴着我的'猫子',也带着我的'墙'。"当警察逮捕了"麻雀"以后埃米尔说。

"对,你是一个能干的小家伙,"长胡子女士说,"因此你可以免费看我的胡子,想怎么看就怎么看。"

但是埃米尔累了。他不想再看胡子,不想再看大集上的其他东西,他只想睡觉。因为这时候天开始黑下来了。你想想,一整天都过去了……而他还没有找到阿尔弗雷德呢!

埃米尔的爸爸、埃米尔的妈妈,还有丽娜,他们都累了。埃米尔的爸爸妈妈到处找埃米尔,而丽娜到处找阿尔弗雷德,现在他们当中没有一个人还有力气再找下去。

"哎呀,我的脚。"埃米尔的妈妈说,而埃米尔的爸爸沮丧地点了点头。

"好啦,大集上的活动都挺有意思。"他说,"走吧,我们回卡特胡尔特,没什么事情可做了。"

他们拖拖拉拉地走到森林旁边,准备套上马车回家。这时候他们看见珠兰与马尔库斯拴在同一棵树上吃牧草。

埃米尔的妈妈开始哭了。

"哎呀,我的小埃米尔哪儿去啦?"她说。但是丽娜梗了梗脖子。

"他除了淘气还能干什么,那孩子。他是个十足的刺儿头!"丽娜这么说。

这时候他们听到一个人气喘吁吁地跑过来。是阿尔弗雷德。

"埃米尔在哪儿?"他说,"我找了他一整天。"

"我才不管他在哪儿呢。"丽娜说。然后她就爬到车上想回家。哎呀哎呀,这时候她踩到了埃米尔!

马车上还剩下一点儿牧草,埃米尔躺在上面睡着了。但是当丽娜踩在他身上时,他醒了。他看清了是谁来了,是谁穿着蓝色制服站在那里,是谁气喘吁吁的。这时候他伸出一只胳膊,搂住阿尔弗雷德的脖子。

"哎呀,是你,阿尔弗雷德。"他说。然后他又睡着了。

随后卡特胡尔特庄园的人起程回家。马尔库斯拉车,珠兰跟在后边,它被拴在车后。埃米尔时不时地醒来,看着幽暗的森林和明亮的夏季夜空,他能感受到牧草的香味儿、马和黑夜,能听到马蹄声和车轮的滚动声。但是其余的时候他一路都在睡觉,梦见阿尔弗雷德很快就要回家了,回到埃米尔身边,回到卡特胡尔特。他也确实快回来了。

这就是7月8日那天,埃米尔到赫尔特弗雷德广场赶大集的情形。你猜一猜,那天还有谁到处找埃米尔?去问克吕莎-玛娅吧!不行,别去问,因为克吕莎-玛娅爱过敏,胳膊上经常起小红点儿,可痒了,很长时间消不下去。

你已经听完了埃米尔3月7日、5月22日、6月10日和7月8日的故事,但是对于总想淘气的埃米尔来说日历上还有很多天呢。他一年到头几乎每天都淘气,特别是8月19日、10月11日和11月3日。哈哈哈,我一想到他11月3日那天做的事就想笑,但是我不讲,因为我已经答应埃米尔的妈妈不讲。不过经过那次事件以后,伦纳贝亚村的村民开始募捐。他们对卡特胡尔特庄园里的斯文松一家有这样一个淘气鬼十分同情。因此他们每个人捐50厄尔,把钱集中放在一个小袋子里,交给埃米尔的妈妈。

"我们受够了,你们把埃米尔送到美国去吧。"他们说。

好哇,这真不错!把埃米尔送到美国去……那样的话谁还给他们当社区委员会主席呢?我的意思是,今后谁来当主席?

真幸运，埃米尔的妈妈不接受这项愚蠢的建议。她大发雷霆，把钱袋子扔到地上，钱币飞得整个伦纳贝亚到处都是。

"埃米尔是一个非常可爱的孩子，"她说，"我们就爱他这个样子！"

不过她还是对埃米尔有些不放心。别人责怪自己的孩子时，妈妈们经常这样。有一天晚上，埃米尔戴着自己的"猫子"，拿着自己的"墙"躺在床上，这时候她在他身边坐了一会儿。

"埃米尔，"她说，"你很快就要长大了，要上学了。你这么调皮、这么淘气，可怎么办呢？"

埃米尔躺在那里，样子真像个小天使，圆圆的蓝眼睛、浅色的鬈发。

"哈里——达里，哈里——达里——达！"他说。因为这类话他非常不愿意听。

"埃米尔，"他妈妈严厉地说，"你觉得这个样子能上学吗?"

"能!"埃米尔说，"我上学就不淘气了，我相信我可以……"

埃米尔的妈妈叹了口气。

"好，好，我希望如此。"她说，然后朝门走去。这时候埃米尔把头从床边抬起来，微笑得像个小天使，他说：

"不过不敢保证!"

第二部

伦纳贝亚的埃米尔又闯祸了

淘气包埃米尔
Taoqibaoaimier

你听说过伦纳贝亚村的埃米尔吗？他住在瑞典的斯莫兰省伦纳贝亚教区卡特胡尔特庄园里。哎呀，没有！但是在伦纳贝亚村没有一个人不认识村民中最酷的小男孩，我敢保证。那个埃米尔淘气、闯祸的次数比一年 365 天还多，他把村民们吓坏了，所以他们想把他送到美国去。哎呀，这是真的，伦纳贝亚村的村民募捐，把钱装在一个口袋里，送给埃米尔的妈妈，并且说：

"这些钱大概够了，你们把埃米尔送到美国去吧。"

他们认为，如果埃米尔不在那里，伦纳贝亚可能会安静一些，他们想的当然有道理，不过埃米尔的妈妈大发雷霆，把钱扔了，硬币飞得整个伦纳贝亚到处都是。

"埃米尔是一个可爱的孩子，"她说，"我们就爱他这个样子。"而丽娜——卡特胡尔特的女仆说：

"我们也得替美国人想想。他们招我们惹我们了，为什么

我们要把埃米尔推给他们?"

这时候埃米尔的妈妈用严厉的目光看了丽娜很久,丽娜知道她又说了蠢话。她开始结巴,想把话说得婉转一点儿:

"啊,不过夫人,"她说,"《维莫比报》上说,美国那边发生了可怕的大地震……我的意思是,如果埃米尔现在就去……可能火上浇油……"

"住嘴,丽娜!"埃米尔的妈妈说,"快滚到牛棚去挤奶,你也就配干那个。"

这时候丽娜拿起奶桶,跑到牛棚去了,她坐下来挤奶,牛奶溅了一地。她有点儿不高兴的时候,往往是她干活儿干得最

好的时候,所以她现在比平时干得快,并不停地大声自言自语地说:

"做事总得公平一些!坏事也不能总让美国人赶上。我愿意把它们掉一个个儿,我去给他们写信,'你们要埃米尔,把那个地震寄给我们!'"

她喜欢吹牛,丽娜!她不是给美国写信的合适人选,她不会写信,她写的东西连斯莫兰家乡的人也看不懂。不行,如果要写的话,也应该是埃米尔的妈妈写。她很善于写。她把埃米尔所有淘气的事都写在平时放在柜子里的一本蓝色日记本上。

"写它有什么用呢?"埃米尔的爸爸说,"把那个小东西所有淘气的事都写上,你会浪费掉笔和纸,你想过吗?"

埃米尔的妈妈不管这套。她忠实地记录下埃米尔所有淘气的事，目的只有一个，等埃米尔长大以后，让他知道，他小时候有多么淘气，她的白头发都是因为他造成的，即使将来她满头白发了，他也应该爱她。

你不要以为埃米尔很坏，他可不坏，他的妈妈说得非常对，他是一个可爱的小男孩，像一个天使。浅色的鬈发、善良的蓝眼睛。埃米尔确实不错，他的妈妈很公正，她也确实把这一点写进那个蓝色的日记本里。

"昨天埃米尔很听话，"她在 7 月 20 日的日记上写着，"他一整天都没淘气，这表明，他发高烧，没有精力淘气。"

到了 7 月 28 日，埃米尔的烧退下去了，这时他的业绩足够在日记本上写好几页。因为他的身体壮得像一头小牛，那小子，只要他一恢复健康，什么淘气的事都能做出来。

"我从来没看见过像他这样的孩子。"丽娜说。

你可能已经知道，丽娜不喜欢埃米尔。她更喜欢伊达——埃米尔的小妹妹。她是一个听话、顺从的孩子。但是阿尔弗雷德——卡

特胡尔特庄园的长工喜欢埃米尔，没有人知道为什么，而埃米尔也喜欢阿尔弗雷德。阿尔弗雷德工余的时候，他们一起玩得很开心。阿尔弗雷德什么都教埃米尔做：套车备马，捉狗鱼，嚼鼻烟，啊，后一件事不怎么好，埃米尔只是试了一次。不过他做得很认真，因为他想学会阿尔弗雷德能做的所有事情。阿尔弗雷德给埃米尔削了一杆木枪，他真够意思吧？那杆枪是埃米尔最喜欢的宝贝。排在第二位的宝贝是那顶带帽舌的小帽子，一点儿也不时尚，这是他爸爸有一次进城时给他买的，是无意中买的。

"我喜欢'俄的墙'和'俄的猫子'。"埃米尔经常用地道的斯莫兰方言说，他没有一个晚上不戴着"猫子"拿着"墙"上床睡觉。

你还记得都有谁住在卡特胡尔特庄园吗？埃米尔的爸爸，他叫安东；埃米尔的妈妈，她叫阿尔玛；埃米尔的妹妹，她叫伊达；那个长工，他叫阿尔弗雷德；那个女仆，她叫丽娜；还

有埃米尔,他当然叫埃米尔。

还有克吕莎-玛娅,我们当然不应该忘记她。她是一位瘦小的老太太,住在森林中的一个长工屋里,她隔三差五地到卡特胡尔特庄园来,帮着做一些像洗衣服、灌香肠之类的事情,还讲一些让埃米尔和伊达毛骨悚然的有关妖魔鬼怪、杀人犯和江洋大盗的故事,还有其他一些克吕莎-玛娅自己听来的有趣的事情。

现在你大概想听一听埃米尔淘气的故事吧?除了发烧,他每天都淘气,我们可以随便从一大堆里挑出一天来,看看他是怎么淘气的。好啦,我们为什么不挑7月28日这一天呢?

7月28日 星期六
埃米尔把猪血扣在自己爸爸头上，不得不削第100个木头老头儿

卡特胡尔特庄园的厨房里有一个蓝色的旧沙发，丽娜每天就睡在上面。在故事发生的年代，整个斯莫兰谁家的厨房里都有女仆晚上睡觉的沙发，上面铺着一块粗糙的垫子，苍蝇在四处嗡嗡地飞，卡特胡尔特庄园为什么不能也这样呢？丽娜在上面睡得不错。早上四点半以前什么东西都无法把她吵醒，四点半的时候闹钟响起来，她必须到牛棚去挤奶。

丽娜走了以后，厨房马上就空了，这时候埃米尔的爸爸经常悄悄地来到这里，在埃米尔醒来之前舒舒服服地

喝早咖啡。他觉得一个人坐在那个大折叠桌旁边，埃米尔不在眼前闹，听着外边鸡鸣鸟唱，品着咖啡，摇晃着椅子，双脚放在丽娜擦得白白的地板上，真是舒服极了……我这里说"白白的"是指地板，你大概明白，不是指埃米尔爸爸的双脚，尽管那双脚大概也需要擦一擦，啊，需要不需要我怎么知道？埃米尔的爸爸早晨光着脚走路，但是不仅仅因为舒服。

"这样也可以省鞋，"他对坚持不肯光脚走路的埃米尔的妈妈说，"像你这样费鞋，我们就得不停地给你买新的，每10年就得买一双。"

"对，是要这样。"埃米尔的妈妈说，然后就不再说这件事了。

我前边说了，除了闹钟以外，别的什么也无法把丽娜吵醒，但是有一天早晨是由别的东西把她吵醒的。时间是7月27日，正好埃米尔那天发烧。你想不出有多么可怕，早晨刚四点钟，一只大老鼠从丽娜的脸上跑了过去，这下子把她吵醒了。她大喊一声站起来，顺手抄起一根木柴，但是那只老鼠早钻进木柴箱旁边的一个洞里逃走了。

埃米尔的爸爸一听说老鼠可吓坏了。

"啊，这真是一个美妙的故事，"埃米尔的爸爸说，"厨房里的老鼠，它们可以吃掉我们全部的面包和肉！"

"还有我。"丽娜说。

"然后是我们的面包和肉,"埃米尔的爸爸说,"夜里我们要把猫放在厨房里。"

埃米尔听到老鼠的事,尽管发着烧,还是马上就考虑怎么样捉那只老鼠,如果猫捉不到的话。

7月27日晚上十点钟,埃米尔的烧全退了,身上也有劲儿了。这时候全庄园的人都睡着了,埃米尔的爸爸、埃米尔的妈妈和厨房旁边卧室的小伊达,厨房沙发上的丽娜和远在木工房旁边长工屋的阿尔弗雷德。猪和鸡睡在猪舍和鸡窝里,奶牛、马和羊睡在绿色的牧场上,但是厨房里的那只猫特别精神,它在想念牛棚,因为那里有更多的老鼠。特别精神的还有埃米尔,他从卧室走出来,小心地走进厨房。

"可怜的猛山,你趴在这儿。"当他看见厨房门口的猫眼睛闪着亮光时说。

"喵喵——"小猫猛山叫着。小埃米尔是个动物保护者,

他把猛山放出去了。

不过他当然知道，一定要抓到那只老鼠，当猫走了以后，必须得想其他办法。所以埃米尔拿来一个老鼠夹子，上面放一小块肥肉作为诱饵，然后放到木柴箱旁边的一个洞附近。这时他又想了想，如果老鼠一从洞里出来就看见夹子，可能产生怀疑，不会让自己上当。埃米尔想，最好先让它在厨房里平安无事地转一转，在不知不觉中找到有肉的夹子。他也想过把夹子

放在丽娜的脸上,因为那是老鼠经常走的地方,但是他担心会把丽娜惊醒而坏了菜。不行,必须换个别的地方。为什么不放在折叠桌子底下呢?桌子底下正是一只老鼠经常要去找面包渣儿吃的地方,啊,别放在埃米尔爸爸坐的位置,因为他很少掉面包渣儿。

"但是想起来多可怕呀,"埃米尔一边说一边停在厨房里的地板中央,"想想看,如果老鼠来了以后不找面包渣儿吃,而啃爸爸的大脚拇指怎么办呢?"

可不能这样,埃米尔注意到这一点。所以他把老鼠夹子放在他爸爸经常放脚的地方,然后心满意足地爬到床上睡觉。

直到天大亮他才醒来,是有人在外面的厨房里高声大叫把他惊醒的。

"他们这么高兴地喊叫,肯定是把老鼠夹住了。"埃米尔想,但是转眼之间他的妈妈跑来了。她把他从床上揪起来,在

他的耳边吼道：

"在你爸爸的大脚拇指从老鼠夹子里松下来之前，你赶紧到木工房去，不然你就别想活了。"

她抓住埃米尔的手，拉起他就走，连衣服也没来得及穿，身上只有衬衣。

"但是'俄的墙'和'俄的猫子'说什么也得带着。"埃米尔喊叫着。他拿起"猫子"和"墙"，然后径直地朝木工房跑去，衬衣被风吹得飘起来。他做了淘气的事以后，经常被关在木工房里。埃米尔的妈妈从门外插上插销，免得埃米尔出来，而埃米尔从里边也插上插销，免得他爸爸进来，两位考虑得真周到真聪明。埃米尔的妈妈认为，一两个小时内埃米尔最好不见他的爸爸，埃米尔也这么想，因此他把插销插好，然后坐到木墩上，开始安安静静地削一个有趣的木头小老头儿。每次他淘气被锁在木工房里，都这样做，他已经削了97个木头小老头儿。它们整齐地排列在一个架子上，埃米尔看到它们时

很高兴,他想快到 100 个了,到时候真值得庆祝一下。

"到那天一定要在木工房举行宴会,不过我只邀请阿尔弗雷德。"他暗自决定。他坐在木墩上,手里拿着刀。他听见远处父亲在吼叫,随后慢慢平静下来。但是后来其他人又叫起来,非常刺耳的叫声,埃米尔不安起来,今天要杀那头大母猪,是大母猪在叫。可怜的母猪,7 月 28 日对它来说可不是什么好日子!哎呀,哎呀,这一天有很多人不开心!

中午的时候埃米尔被放出来了,当他来到厨房时,伊达兴高采烈地朝他跑去。

"午饭我们吃肉片猪血豆腐。"她说。

你可能不知道肉片猪血豆腐是什么菜吧?那是一大块一大块的猪血,里边有肥肉。吃起来就跟猪血布丁差不多,但是味道不一样,要好吃得多。血豆腐的原料主要是猪血,跟制作猪血布丁一样。当卡特胡尔特庄园杀猪的时候,埃米尔的妈妈就要做猪血豆腐吃。她把一个陶瓷盆放在桌子上,把猪血盛在里

边搅拌,炉子上放一个大铁锅,里边的水已经煮开了,真让人高兴,血豆腐很快就要做好了。

"我一定要吃18块。"伊达口气真大。她瘦得像一根火柴棍儿,充其量只能吃半块。

"那爸爸就没得吃了,"埃米尔说,"顺便问一句,爸爸在哪儿?"

"他躺在草地上休息呢。"伊达说。

埃米尔从厨房的窗子往外看。一点儿不错,他的爸爸躺在外边草地上,脸上盖一个大草帽,像平时那样睡午觉。在一般情况下他午饭前不睡,而是午饭后睡,但是今天他特别累,可能是与今天一大早就被那个老鼠夹子夹住了大脚拇指有关系。

埃米尔看到,他的爸爸只有右脚上穿着鞋,他一开始还以为,这纯粹是为了省鞋,他的爸爸每次只穿一只鞋。但是当他看到爸爸左脚大拇指上被血浸湿的纱布时,他明白了。他爸爸的大脚拇指很痛,穿不了鞋。埃米尔感到很内疚,他对自己摆放老鼠夹子位置不当的愚蠢举动很后悔。现在他想使爸爸高兴起来,因为他知道他的爸爸特别喜欢吃猪血豆腐,所以他就双手端着盛猪血的瓷盆,从窗子举到外面。

"看呀,爸爸,"他高兴地喊叫着,"我们午饭吃猪血豆腐。"

他的爸爸拿掉盖在脸上的草帽,用愤怒的目光朝埃米尔看了看。看得出,他还没有忘记老鼠夹子的事。为了将功赎罪,埃米尔更加卖力气。

"看这个,这么多猪血。"他一边兴奋地说一边把瓷盆尽力往外伸。但是你想不到有多么可怕,他失手了,猪血盆正好扣在躺在窗户下面的埃米尔爸爸的头上。

"噗噜噜,"埃米尔爸爸的嘴里发出这样的声音,因为他

满脑袋都浇上了猪血,别的声音他发不出来。他沉重地从草地上站起来,最后一阵吼叫。开始因为猪血糊着嘴,声音大不了,但是后来整个伦纳贝亚都能听到。瓷盆像一个海盗头盔扣在他头上,猪血哗哗往下流。正在这个时候,克吕莎-玛娅从洗衣房走过来,她刚才在那里洗猪蹄儿,当她看见埃米尔的爸爸血流成河时,立即号叫起来,比那只被杀的母猪叫得还厉害,她把这个可怕的消息带到院子里。

"卡特胡尔特庄园里可爱的东家现在过去啦,"她喊叫着,"埃米尔,那个坏蛋,把他打得血肉模糊!"

埃米尔的妈妈看了眼前发生的事情以后,又抓住埃米尔的手,把他风风火火地拉到木工房。当埃米尔还是只穿着衬衣,坐在那里削第99个木头老头儿时,埃米尔的妈妈可开始了一项劳神费力的工作——把他爸爸身上的猪血弄干净。

"你把猪血好好收拾起来,至少可以做三四块血豆腐。"埃米尔的爸爸说。但是埃米尔的妈妈直摇头,"洒了的东西,无法再收回。中午只得改吃土豆丝饼。"

"嘿嘿,我们到晚饭时才能吃午饭。"小伊达说,然后她就不吭声了,因为这时候她看见爸爸洒满猪血的眼睛里露出了沮丧的目光。

埃米尔的妈妈指派丽娜去擦土豆丝,准备做土豆丝饼。你可能也不知道土豆丝饼是什么东西。这是一种土豆丝做的饼,名字很简单,但吃起来味道很不错,这一点我敢保证。丽娜很快就做好了一种黏稠的灰黄色面糊糊,盛在从埃米尔爸爸头上取下的瓷盆里。他不想像戴着头盔的海盗一样到处走。他刚把身上的猪血大体上弄干净,就跑到地里收割牧草,等土豆丝饼做好以后就吃饭,这时候埃米尔的妈妈把埃米尔从木工房里放出来。

埃米尔在那里一动不动地坐了很长时间。这时候他感到要活动活动。

"我们玩点肚皮吧。"他对小伊达说,伊达立即跑起来。点肚皮是埃米尔想出来的跑步游戏。游戏这样做:从厨房跑到前廊,从前廊跑到卧室,从卧室跑到厨房,再从厨房跑到卧室,循环往复。埃米尔和伊达朝不同的方向跑,他们每次相遇的时候,相互用食指在对方的肚皮上点一下,并高声说:"点肚皮!"所以这个游戏叫点肚皮。埃米尔和伊达都认为,这是一个非常非常开心的游戏。

当埃米尔在第八圈来到厨房的时候,正好遇上丽娜端着瓷

盆走过来,她正准备在炉子上烙土豆丝饼,因为埃米尔想让丽娜也开开心,就用食指点了她一下,并高声说:"点肚皮!"

他本来不应该这样做。他不知道丽娜有多怕痒。

"嘿嘿,嘿嘿。"丽娜笑得前仰后合,就像一条虫子。你能想到有多么可怕,瓷盆从她手里滑出去。没人知道这瓷盆怎

么会滑出去。只有一件事是清楚的,那就是饿得简直要发疯的埃米尔的爸爸正好从门外走进来,做土豆丝饼的糊糊全泼在他头上。

"噗噜噜。"埃米尔的爸爸再一次发出这样的声音,当一个人的头上洒满制作土豆丝饼的糊糊时不可能说出别的话来。埃米尔和伊达事后编了个歇后语。

"爸爸头上洒满土豆丝饼糊糊——噗噜噜。"他们经常一边说一边大笑,或者说,"爸爸头上洒满猪血——噗噜噜。"两种说法都行。

此时此刻起码埃米尔没时间大笑了,因为他的妈妈抓住他的手,把他急匆匆地拉向木工房。埃米尔听见自己的爸爸在吼叫,开始因为土豆丝饼糊糊堵着嘴声音不大,但是后来整个伦纳贝亚都能听见。

埃米尔坐在木墩上,开始削第100个木头老头儿,他已经没有任何心思开庆祝会了,正好相反!他气得像一只毒蚁!一天坐三次木工房也太过分了,另外他认为也不公正。

"父亲到处瞎转悠我有什么办法,"他气鼓鼓地说,"我在庄园里放个夹子捉老鼠,怎么会知道他偏偏走到那里被夹住脚。为什么总是他赶上猪血和土豆丝饼糊糊泼在头上这些最倒霉的事?"

现在我无论如何都希望,你不要以为埃米尔不喜欢自己的

爸爸，或者埃米尔的爸爸不喜欢埃米尔，平时他们彼此都非常喜欢，即便如此，在发生了老鼠夹子夹住脚、猪血和土豆丝饼糊糊泼到头上这类不幸的事情时，有时候也会产生不和。

7月28日星期六快过完了。埃米尔坐在木工房里越想越气。他原来想举行第100个木头老头儿庆祝宴会，但是现在已经不可能了。首先，现在是周末，晚上他怎么能把阿尔弗雷德请到木工房里参加宴会呢？周末阿尔弗雷德有别的事要做。他要坐在长工屋的台阶上跟丽娜谈恋爱，为她拉手风琴，他确实没时间参加什么宴会。

埃米尔扔掉手里的刀。连阿尔弗雷德他都没有了，就剩自己一个人了。他越想人们对他的所作所为越觉得可气。整整一

个星期六,让他只穿着一件睡衣坐在那里,连穿衣服用的一点儿时间都不给就把他硬拉到木工房,这叫什么事儿啊。他们大概想让他永远待在木工房里,卡特胡尔特庄园的人,那就让他们自食其果吧!

埃米尔用拳头使劲砸工作台,发出"咚咚"的响声!好吧,那就让他们自食其果吧!埃米尔马上作出一个可怕的决定,他这辈子就待在木工房里了。只要他活在地球上,他就永远待在那里,只穿着衬衣,头上戴着"猫子",孤零零一个人,跟所有的人都不接触。

"这样他们总该满意了吧,他们用不着再跑来跑去的。"他想,"但是别想进入我的木工房,拜拜啦!如果爸爸想进来刨点儿木头,他歇菜吧,再说这样也不错,省得他老是刨着自己的大拇指。从来没见过他这种倒霉的人!"

但是当7月的夜晚降临时,埃米尔的妈妈来了,她拉开木工房的插销。当然是门外边的插销。她推门,发现门里边也插着插销,这时候她温柔地笑了。

"你不用再害怕了,小埃米尔。爸爸已经去睡觉了。现在你可以出来了。"

这时候从木工房里传来一声可怕的"哈!"

"你哈什么劲儿,"他的妈妈说,"快开门,出来吧,小埃米尔!"

"我再也不出来了,"埃米尔气呼呼地说,"别想进来,不然我就开'墙'了!"

埃米尔的妈妈看见自己的小儿子站在窗子旁边,手里拿着枪。她开始不相信儿子是认真的,但是最后她意识到他是认真的,这时候她一边哭一边跑去,叫醒埃米尔的爸爸。

"埃米尔坐在木工房里,不想出来了,"她哭泣着说,"怎么办呢?"

小伊达也醒了,她也立即哭叫起来。他们一齐往木工房跑,埃米尔的爸爸、埃米尔的妈妈和小伊达。坐在长工屋的台阶上正在谈恋爱的阿尔弗雷德和丽娜也不谈了,尽管丽娜很生气。大家都必须帮一把手,把埃米尔弄出来。

埃米尔的爸爸一开始还挺牛气。

"好吧,你饿的时候,就该出来了。"他高声说。

"哈!"埃米尔又说了一次。

他的爸爸不知道,埃米尔在工作台后边有一个小桶,一个

非常实用的小型食品库,对,真是这样!像他这样绝顶聪明的孩子,才不会让自己在木工房里挨饿呢。他知道自己每时每刻都有可能被关起来,因此桶里随时都有吃的。眼下那里放着长面包、奶酪、几片凉肉、一些樱桃干儿和好几个硬面包。古代武士们被围困在城堡里可没有这么多食品。对埃米尔来说,木工房就是被围困的城堡,他要保卫城堡,不让敌人进犯。他像战地指挥官一样威风凛凛地趴在窗口,用"墙"瞄着目标。

"哪个敢先进来,我就打死他。"他喊叫着。

"啊,埃米尔,我的好孩子,别这样讲话,快出来。"埃米尔的妈妈抽泣着说。但是不起作用。埃米尔顽固不化,就连阿尔弗雷德说的这段话也没起作用:

"喂,埃米尔,你听着,快出来,我们到湖里去游泳,你

和我!"

"不!"埃米尔固执地说,"你跟丽娜在台阶上坐着吧,没关系!我,我坐在这儿!"

没办法。埃米尔原地不动地坐在那里。当一切办法都无效时——软的或者硬的——他们只得回去睡觉,埃米尔的爸爸、埃米尔的妈妈和小伊达。

这是一个非常令人伤心的周末夜晚。埃米尔的妈妈和小伊达哭得泪如雨下,埃米尔的爸爸躺下时深深地叹了口气,因为他想念自己的小儿子,平时他就躺在那边的小床上,有着卷曲头发的头枕在枕头上,戴着帽子,旁边放着枪。

不过丽娜不想埃米尔,她不想去睡觉。她想和阿尔弗雷德坐在长工屋的台阶上,她想安安静静地坐在那里,埃米尔待在木工房里她反而很满意。

"不过谁知道那个捣蛋鬼究竟能在里边待多长时间。"她自言自语地说。她不声不响走过去,从外边又把门插上插销。

阿尔弗雷德一边拉手风琴一边唱歌,他没有发现丽娜的不良举动。"东家,他骑着马从战场上归来。"阿尔弗雷德唱道。埃米尔听到了,他正坐在木墩上,深深地叹气。

丽娜用双手搂住阿尔弗雷德的脖子,像平时那样唠叨着,阿尔弗雷德也像平时那样回答:

"好啦,不管怎么样我会跟你结婚的,如果你认为有必要的话,但是用不着太忙。"

"那就明年吧。"丽娜咬定说。这时候阿尔弗雷德叹了口气,比刚才埃米尔的叹息还沉重,继续唱那首《狮子新娘》。埃米尔也听到了,他坐在那边,突然想到,要是能跟阿尔弗雷德一起去湖里游泳会多开心呀。

"当然开心,"他自言自语地说,"不管怎么说,我可以跟阿尔弗雷德兜一圈儿,游一会儿泳,然后我再进木工房——如果我还愿意的话。"

埃米尔朝门跑去,拉开插销,但是出不去,那个坏心眼儿的丽娜从外边插上插销了,门打不开。尽管埃米尔使出全身的力气去撞也无济于事。这时候埃米尔明白了,他马上就知道是谁把门锁住了。

"我一定要给她点儿颜色看,"他说,"等着瞧吧。"

他朝木工房四周看了看,里边已经很黑。有一次埃米尔因为淘气闯了大祸被关在这里,他从窗子爬了出去。后来他的爸爸在窗子外边钉了横板,免得他重施故技,可能也是为了不让他跳进生长在窗子下面的荨麻丛中。埃米尔的爸爸确实担心自己的儿子受委屈,他不想让儿子被荨麻扎着。

"从窗子已经没办法出去,"埃米尔说,"从门出去也不能。喊救命,我一辈子也不会,那我怎么出去呢?"

他若有所思地朝远处的炉子看了看。木工房里有一个炉子,冬天可以取暖,埃米尔的爸爸粘东西时也需要用这个炉子热胶水。

"可以从烟囱里爬出去。"埃米尔想。他迅速地爬上炉罩,

径直地跳进去年冬天留下的灰烬里,两只光脚埋在炉灰里,脚趾缝里也塞进去很多。

埃米尔从烟囱里往上看,他看到了有趣的现象。在他头顶的洞里,有一个红色的7月的月亮,往下看着他。

"你好,月亮!"埃米尔说,"你会看到,这里有一个人能上去!"

他撑着挂满油烟的烟囱四壁开始往上爬。

如果你曾经尝试过从一个很窄的烟囱里往上爬的话,你就会知道,那有多么困难,就会知道浑身会变得多么黑,不过你一定不会相信,这些会阻止住埃米尔。

丽娜坐在长工屋的台阶上,双手搂着阿尔弗雷德的脖子,对此事一无所知。不过埃米尔说过了,让她等着瞧吧,这回可真应验了。正当她抬起头想看月亮的时候,几乎不到一秒钟她就尖叫起来,整个伦纳贝亚都听到了。

"一个小鬼,"丽娜喊叫着,"烟囱上有一个小鬼!"

小鬼是传说中妖怪的小孩子,过去住在斯莫兰的人都很怕它们。丽娜也是从克吕莎-玛娅讲的可怕故事中听来的,有时候人们会碰到这种可怕的小鬼,所以当她亲眼目睹一个这样的小鬼坐在烟囱上,浑身漆黑,样子十分可怕的时候,不禁惊叫起来。

阿尔弗雷德也看到那个小鬼了,不过他只是笑了笑。

"那个小鬼我认出来了,"他说,"快下来,埃米尔!"

埃米尔站了起来,他穿着沾满黑烟的衬衣,站在那里威风凛凛,像个战地指挥官。他把黝黑的拳头伸向天空,高声喊叫,整个伦纳贝亚都能听到。

"在这个夜晚一定要把木工房拆掉,我再也不想坐在里边了!"

这时候阿尔弗雷德站到埃米尔身下的山墙底下,伸出双臂。

"跳吧,埃米尔。"他说。

埃米尔跳了下来,正好落在阿尔弗雷德的怀抱里。然后他俩一起走向湖边去洗澡。埃米尔需要洗一洗。

"我从来没见过这么坏的孩子。"丽娜一边说一边气愤地走进厨房,躺在沙发上睡觉去了。

在卡特胡尔特湖的白色睡莲中间,埃米尔和阿尔弗雷德在

幽暗的湖水里游来游去，7月天上红色的月亮像一盏灯照耀着他们。

"就你和我，阿尔弗雷德，够朋友。"埃米尔说。

"对，就你和我，埃米尔，够朋友。"阿尔弗雷德说，"我完全相信！"

湖面上有一条宽大、耀眼的光带，但是湖岸底下一片漆黑，因为现在是午夜。7月28日结束了。

在新的日子来临时，会有新的淘气。埃米尔的妈妈在那本蓝色日记上写呀写呀，她写得胳膊都有点儿痛，最后日记本写满了，连空白都没有了。

"我必须搞一本新的，"埃米尔的妈妈说，"不过很快就有维莫比大集了，借此机会我得买一本新的，反正我要进城的。"

她真的买了，多亏如此，不然埃米尔在集日这天淘气的事还没地方写呢。

"上帝保佑他，"她在日记里写道，"不过等他长大了，他就会稳重起来，但是他的父亲不相信他会改邪归正。"

不过埃米尔的爸爸错了，而他的妈妈是正确的。埃米尔当然能长大，他也真的当上了社区委员会主席，成了整个伦纳贝亚最有出息的男人。

不过现在我们还是先关注发生在维莫比集日那天的事情吧，当时他还是小孩子。

10月31日 星期三
埃米尔赢来一匹马,破窗而入
吓坏了彼特尔夫人和整个维莫比

每年10月份的最后一个星期三维莫比都有集市,从早到晚热闹非凡,我不骗你。从伦纳贝亚和其他教区来很多人到那里赶集,卖大牛买小牛,换马匹,访亲问友,谈情说爱,吃花棍儿糖,跳舒迪斯舞,格斗武打,各寻其乐。

有一次埃米尔的妈妈问丽娜,她能数出多少节日,因为她想知道丽娜的智商到底高不高,这时候丽娜说:

"好吧,有圣诞节、复活节和维莫比集市,保证没错!"

现在你明白了吧,为什么10月31日有那么多人到维莫比来。早晨五点钟天还很黑,阿尔弗雷德就把马尔库斯和珠兰套在车上,拉着全卡特胡尔特庄园的人上路了——埃米尔的爸爸、埃米尔的妈妈、阿尔弗雷德和丽娜、埃米尔和小伊达。只有克吕莎-玛娅在家里照看牲畜。

"可怜的克吕莎-玛娅,你难道不愿意去逛集市?"好心肠的阿尔弗雷德说。

"我可没那么疯,"克吕莎-玛娅说,"今天有大彗星来!啊,我可不去,我宁愿死在伦纳贝亚家里。"

原来斯莫兰的人都在等待一颗大彗星的到来,《维莫比报》上说,10月31日将有一颗彗星飞临,可能把地球撞得粉碎。

你大概不知道彗星是什么东西,其实我也不十分清楚,不过我相信,它是脱离某个星体的一块东西,在宇宙中间来回旋转,很小很小。所有维莫比人都很惜命,担心这颗彗星突然把整个地球撞碎,世界末日来临。

"很明显,这个坏东西专门拣维莫比有集市的时候来。"丽娜生气地说,"不过没关系,它可能晚上才来呢,我们干什么都来得及!"

她狡黠一笑,并用胳膊肘碰了一下坐在她旁边的阿尔弗雷德,他俩坐在后排。丽娜对这一天抱很大希望。

埃米尔的妈妈和爸爸坐在前排,伊达坐在妈妈的膝盖上,埃米尔坐在爸爸的膝盖上。请你猜一猜谁赶车?是埃米尔。我忘记告诉你,埃米尔是一个优秀的驭手。是阿尔弗雷德教会他的,有关马的知识从头到尾都学了,最后埃米尔知道的东西比整个伦纳贝亚的其他人都多,在对付马的方面甚至超过阿尔弗雷德。这时候他坐在爸爸的膝盖上赶着马车,俨然是一名优秀的车把式,一点儿不假,那小子精通赶车之道!

夜里刚刚下过雨,10月清晨的黑暗和迷雾笼罩着伦纳贝

亚和整个斯莫兰。森林上空没有一丝亮光,道路两旁的树林幽暗、凝重,卡特胡尔特庄园的马车滚滚向前。但是大家很高兴,马尔库斯和珠兰奔跑着,土路上的泥浆溅满了马蹄。

珠兰当然不是特别高兴,因为它老了,没有那么大的力气,它更想留在马厩里。埃米尔跟爸爸吵了很久,要买一匹能与马尔库斯相匹配的年轻的马,埃米尔认为,现在他们去赶集,正好利用这个机会。

不过埃米尔的爸爸说:

"你真的以为我们什么东西都有钱买!老珠兰可以对付几年,没办法。"

珠兰当然可以对付。它沿着山坡勇敢地往下走,喜欢老珠兰的埃米尔像往常那样为它唱歌,以此为它鼓一鼓劲儿:

我的老母马,步履真蹒跚,

双腿直打战,

那有啥可叹?

我的"墙"和我,它都能承担,

磕磕绊绊没关系,

阳关大道走向前。

卡特胡尔特一家来到维莫比以后,为马尔库斯和珠兰在离骡马市不远处安排了一个好地方,然后大家分头活动。埃米尔的妈妈带着喜欢拉妈妈裙子边的小伊达去买蓝皮日记本,去卖她带来的羊毛和鸡蛋。丽娜想马上就跟阿尔弗雷德到美食店去喝咖啡,她确实把他缠住了,尽管他竭力想摆脱掉她,以便跟埃米尔的爸爸去骡马市。

如果你到维莫比赶过集就会知道,骡马市是干什么的。人们在那里做牛和马的生意。这个时刻骡马市早已开市。埃米尔想立即就到那里,埃米尔的爸爸也愿意去,尽管他不打算买东西,只想看看。

"不过请记住,彼特尔夫人12点钟请我们吃午饭。"埃米尔的妈妈带着小伊达去逛集市之前,最后对他们说。

"你不用担心,我不会忘掉这类事情。"埃米尔的爸爸说,

他转身带埃米尔走了。

但是埃米尔到骡马市不到五分钟,就看到了马!这匹马使他激动万分,这是过去没有过的。多么好的一匹马!这是一匹棕色的漂亮小马,只有三岁。马拴在一根木桩上,它友善地看着埃米尔,好像希望他能把自己买走。埃米尔当然想,啊,你不知道他多么想!他朝四周看了看,想找到他的爸爸再大吵大

闹一顿，直到他被迫同意买马为止。但是想起来真让人泄气！他的爸爸不见了。他在一大群又喊又叫又笑的农民当中走散了，在那个唯一的大型骡马市里，马匹长鸣、刨地，牛群乱叫乱吼。

"他总是这样，"埃米尔想起来就很生气，"他老是到处乱跑，看来哪儿也不能带他去。"

这事还真急。从那边走过来一位来自莫里拉的马贩子，他身体魁梧、强壮，瞪大眼睛看着埃米尔想买的马。

"这匹马多少钱？"他问卖马的人，后者是来自图那的一位身材矮小的农民。

"300克朗。"那位图那农民说。埃米尔听到以后心里特别难过。从爸爸口袋里挤出300克朗，无异于与虎谋皮，这一点他心里很清楚。

"不过我还是想试一试。"埃米尔想。因为他是整个伦纳贝亚和整个斯莫兰最固执的男孩子。这时候他挤进人群想尽快找到自己的父亲。他到处跑，心情越来越焦急，他在一群一群的农民中间扒拉来扒拉去，千方百计找他的爸爸，因为从后边看他们很像，但是转过身来，他们都是来自南维或者洛克尼维的陌生农民，都不是来自伦纳贝亚的卡特胡尔特庄园里的安东·斯文松。

不过你一定不要相信，埃米尔会就此罢休！骡马市有一个

小旗杆，埃米尔一下子爬到旗杆顶，以便大家都能看见他，然后他使足了劲儿喊：

"有人认识这个小男孩吗……啊，因为他的爸爸走丢了！"

这时候他看到，在他身下的农民、奶牛和马匹当中出现了一些情况。人群中闪出一条路，有人快速朝旗杆走来，这人不是别人，恰恰是他的爸爸。

安东·斯文松一把就把儿子从旗杆上拉下来，就像从苹果树上摘一个熟透的苹果，然后揪住他的耳朵。

"小坏蛋，"他说，"你到哪儿淘气去啦？为什么刚一动，你就没影儿了？"

埃米尔没时间回答他的问题。

"走！"他说，"有一匹马你一定要去看一看。"

埃米尔的爸爸当然得看那匹马，但是这个时候马已经卖出去了！你可能想象不出有多么可怕，埃米尔和他的爸爸走过去时，刚好看见来自莫里拉的那个马贩子掏出钱包，数出300克朗，伸手递给来自图那的那个农民卖主。

这时候埃米尔哭了。

"这一定是一匹好马。"马贩子说。

"对，它非常好。"那位图那的农民说。但是他说话的时候，眼睛朝别处看，看样子他心里有鬼。

"它没有钉掌，我看见了。"马贩子说，"回家之前，我

会解决这个问题。"

埃米尔站在那里不停地哭,埃米尔的爸爸非常同情自己可怜的小儿子。

"你别哭了,埃米尔,"他说,然后狠心地点了点头,"我们去买一些花棍儿糖给你吃,管它三七二十一呢。"

爸爸带着埃米尔来到广场,很多卖糖的老太太坐在糖摊儿旁边,他给埃米尔买了10厄尔的花棍儿糖。

但是后来爸爸碰上了另一位伦纳贝亚农民,一跟他聊起天来就把埃米尔忘了。埃米尔站在那里,嘴里塞满花棍儿糖,眼里含着眼泪,脑子里还想着那匹马。这时候他突然看见了阿尔弗雷德,丽娜拉着他。他显得很疲倦,因为丽娜拉着他从那家金银首饰店外面来来去去跑了17次,每次都试图把他拉进去,让他为自己买个订婚戒指。

"如果我不用这两只脚使劲撑着,真不知会怎么样。"阿尔弗雷德高兴地说。他见到埃米尔立即高兴起来。埃米尔赶紧告诉他关于那匹马的事情,他们站在那里,都为那匹马不能到卡特胡尔特庄园而叹息。后来阿尔弗雷德从站在广场上制作和销售陶瓷制品的陶瓷匠那里给埃米尔买了一只陶瓷杜鹃。

"这是我送给你的集市礼物。"阿尔弗雷德说。埃米尔内心立即感到有些宽慰,在此之前没有一件顺心的事。

"好啦好啦,买陶杜鹃你就有钱了。"丽娜说,"另外,那颗彗星到底什么时候来,我觉得现在该来了吧?"

但是没有任何彗星出现,时间还不到中午12点,有什么可急的。

阿尔弗雷德和丽娜现在要去看看马尔库斯和珠兰,它们也要吃点儿午饭。它们的饭包放在马车的箱子里。埃米尔本来想跟他们去,但是他知道12点的时候他要到彼特尔夫人家吃午饭,这时候他朝周围看了看,想找到自己的爸爸。

不管你相信我还是不相信我——他的爸爸又不见了!他又在赶集的人群中走丢了:卖糖的老太太、陶瓷匠、编篮子的、绑刷子的、卖气球的、演奏八音盒的以及其他闲杂人。

"没有像他这么容易走丢的人。"埃米尔说,"下次我再进城,非得让他待在家里,像这样我再也受不了啦。"

不过埃米尔并没有因为他的爸爸走丢了而失去信心。他过去进过城,大体上知道彼特尔夫人住在什么地方。她有一栋非常别致的小房子,靠近大街的方向有一个玻璃游廊。"找到那里不是没有可能。"埃米尔想。

彼特尔夫人是维莫比最尊贵的夫人之一,她邀请卡特胡尔特庄园的人吃午饭有点儿奇怪。我想不是因为埃米尔的妈妈经常给她送香肠,而她比任何人都喜欢吃香肠,她才请他们吃午饭。不是因为这个,但是彼特尔夫人经常到卡特胡尔特庄园参加宴会确实是真的。樱桃宴会、龙虾宴会、奶酪派宴会和其他宴会,人们可以吃到香肠、烧排骨、牛肉卷、肉丸子、煎鸡蛋和炖鳗鱼等。"不能总是参加别人的宴会,而自己总不回请吧。"彼特尔夫人认为。"要公平合理。"她说,因此她决定,在卡特胡尔特庄园的人来赶集那天,请他们12点钟来家里吃午饭,他们可以吃到热的鱼布丁和蓝浆果汤,她都想好了。彼特尔夫人自己11点的时候只吃牛肉里脊和一大块杏仁蛋糕,因为鱼布丁已经不多了。如果她自己坐在那里大吃特吃鱼布丁,而她的客人都没吃饱,会多不光彩,不行,她可不愿意跟客人抢饭吃!

此时他们已经在玻璃游廊里的餐桌旁边的靠背椅上坐好,埃米尔的爸爸、埃米尔的妈妈和小伊达。

"那个小坏蛋,看一大把跳蚤也比看他一个人容易,因为

跳蚤跑得没这么快。"埃米尔的爸爸说。

他说的是埃米尔。

埃米尔的妈妈想立即就出去找自己的小儿子,尽管埃米尔的爸爸向她保证,他早已找遍了。

但是彼特尔夫人说:

"我很了解埃米尔,他肯定能找到这儿。"

彼特尔夫人说的是实话。眼下埃米尔正走进她的大门。眼前出现的情况引得他驻足观看。紧靠彼特尔夫人家旁边的一栋带花园的漂亮房子里,住着本市市长,在花园的苹果树林里有一个小男孩正在踩高跷。那是市长的小公子高特弗里德。他看见了埃米尔,这时候他一下子头朝下栽到丁香花丛中。如果你

试过踩高跷,你就明白为什么了。高跷那么高,两只脚只踩在很小的蹬子上,要保持平衡非常不容易。但是高特弗里德立即从树丛里站了起来,好奇地看着埃米尔。当两个秉性完全一样的小男孩第一次相遇时,他们的眼睛立即亮了起来,就像点燃了一盏灯。高特弗里德和埃米尔互相看着,平静地微笑着。

"我想要一顶像你那样的帽子,"高特弗里德说,"我能借来戴一戴吗?"

"好吧,"埃米尔说,"但是你得把高跷借给我玩一下。"

高特弗里德认为这是合情合理的交换。

"不过我不相信你能踩,"他说,"因为踩高跷特别难。"

"让我试试看吧。"埃米尔说。

他的本事大大超过了高特弗里德的预想。他一下子踩上高

跷,很快晃晃悠悠消失在苹果树林里,把去彼特尔夫人家吃午饭的事忘得一干二净。

在玻璃游廊里,卡特胡尔特庄园里的人已经吃过鱼布丁。他们吃得很快,现在轮到喝蓝浆果汤了。汤有很多,满满地盛了一大罐子,放在餐桌中央。

"喝吧,"彼特尔夫人说,"我希望你们有好胃口。"

她本人现在还不想吃,连动都没动一下蓝色浆果汤,但是她的话很多。大彗星是她讲的主要内容,因为这一天住在维莫比的人都这样。

"真是太可怕了,"她说,"一个彗星就可以毁掉一切。"

"啊,谁知道,说不定这蓝色浆果汤就是今生今世最后一顿饭。"埃米尔的妈妈说。这时候,埃米尔的爸爸很快伸过盘子来说:

"我可能还想再要一点儿,"他说,"为了保险起见。"

但是彼特尔夫人还没来得及给他盛,可怕的事情发生了。"咚"的一声,并伴随着喊叫,一个东西从彼特尔夫人背后破窗而入,碎玻璃片和蓝色浆果汤在整个游廊里四处飞溅。

"彗星!"彼特尔夫人一声喊叫,随后翻倒在地,吓得不省人事。

但不是什么彗星,是埃米尔像一颗炮弹一样从那扇大玻璃窗一头栽了进来,掉进汤罐里,把汤溅得四处都是。啊,玻璃

游廊里顿时乱成一锅粥!埃米尔的妈妈高声喊叫,埃米尔的爸爸大声怒吼,小伊达也在哭泣。只有彼特尔夫人极为镇静,因为她躺在地板上已经失去知觉。

"快到厨房去取凉水,"埃米尔的爸爸叫着,"一定要往她头上浇凉水!"

埃米尔的妈妈不顾一切地冲出去,埃米尔的爸爸跟在后边,催她跑得更快一些。

埃米尔从汤罐里挣扎出来,满脸都是蓝的。

"为什么一到吃饭的时候,你总是慌慌张张的?"小伊达用责备的口气说。

埃米尔没有回答。

"高特弗里德说得对，"他说，"踩高跷不能过围栏。现在总算证实了这一点。"

他看到可怜的彼特尔夫人躺在地板上，非常怜悯她。

"弄一点儿水要用那么长时间吗？"他说，"救命要紧，知道吧！"

埃米尔急中生智。他抄起汤罐子，把剩下的蓝色浆果汤全部倒在彼特尔夫人的头上。不管你信不信，还真灵！

"噗噜噜，"彼特尔夫人嘴里发出这样的声音，她立即站了起来。你看到了吧，多做一些蓝色浆果汤有多么好，出事时能派上用场。

"我已经把她治好了。"当他的爸爸、妈妈从厨房跑着取回水时，埃米尔自豪地说。

但是他的爸爸满脸怒气地看着埃米尔说：

"我知道，我们回到家里时，又有人要到木工房去治一治了。"

彼特尔夫人仍然头晕目眩，脸是蓝色的，她和埃米尔一

样。埃米尔的妈妈眼明手快，把她放到沙发上，抄起一把刷子，先刷彼特尔夫人，再刷埃米尔，然后刷游廊里的地板。很快再也看不到蓝色浆果汤留下的任何痕迹，只有埃米尔的一只耳朵上还有一点儿。他的妈妈还把玻璃碎片扫净了，而埃米尔的爸爸则跑到玻璃匠那里买了一块新玻璃，代替打碎的那块。埃米尔想过去帮忙，但是他的爸爸连那块玻璃也不让他靠近。

"躲开，"他严厉地说，"到外边去，我们回家时你再进来！"

埃米尔对到外面去没什么不愿意的。他很想再跟高特弗里德交谈几句，但是他已经饿了。除了他摔进汤罐时借机喝了几口浆果汤以外，别的什么也没吃。

"你们家有什么吃的吗？"他问高特弗里德，后者仍然站在市长家花园的围栏前面。

"有吧，这一点你放心，"高特弗里德说，"今天是我爸爸的50岁生日，我们家有宴会。食品多得连储藏室的门都撑

弯了。"

"好,"埃米尔说,"我可以帮你们尝一尝,看看是咸还是淡。"

高特弗里德二话没说,走进厨房,回来时端了一大盘好吃的东西:王子香肠、肉丸子、小肉饼和其他一些东西。然后他们站在围栏两边,高特弗里德和埃米尔,两人把所有的东西都吃了,埃米尔吃得心满意足。

最后高特弗里德说:

"今天晚上我们放烟火。这是维莫比有史以来最盛大的一次!"

在自己孤陋寡闻的生活中,埃米尔从来没有看见过放烟火——在伦纳贝亚他们从来没有这类疯狂的举动——现在使他

沮丧的是，这里又要有大型烟火晚会，而他又不能看，因为天黑之前卡特胡尔特庄园的人一定要回家。

埃米尔叹息着。如果你认真想的话，这确实是一个令人不悦的集日。没有买马，没有看烟火，只有灾难和一个等着他的木工房。这就是他这一天的全部经历。

他伤心地与高特弗里德告别，当他伤心的时候，总要想法找到阿尔弗雷德，他是埃米尔的朋友和同情者。

但是阿尔弗雷德在哪儿？大街小巷都是人，赶集的农民与维莫比居民各占一半，在人群中找到阿尔弗雷德可不容易。埃米尔又转了几个小时，在此期间又闯了很多祸，在哪本日记里都没有写，因为谁也不知道。不过阿尔弗雷德他可没找到。

10月份天黑得很早。夜幕开始降临，有集市的这一天很快就要永远过去。赶集的农民早想着回家，你可能以为，维莫比居民也该回家了，但是他们没有。他们喜欢继续在街上笑呀、叫呀和大声喧哗，他们显得特别兴奋，也难怪，你想想看，这一天多么不寻常！赶集逛街、市长生日，如果现在那颗彗星真偷偷地来临，很可能就是末日！你可能看出来了，维莫比居民显得怪兮兮的，他们在夜幕中徘徊、等待，但是不知道等的是喜还是忧。当人们悲喜交加的时候，声音都变了，因此大街上一片嘈杂声，但是家里静悄悄的，除了猫和必须留在家里照看小孙子和小孙女的老奶奶以外，没有别人。

如果你有机会到维莫比这样的小城去,正赶上有集市,正好夜幕降临,你就会体会到,漫步在卵石铺成的小路上,边走边看,会有多开心。你从窗子可以看到小房子里的老奶奶、小孙子和猫,你还可以通过漆黑的通道和大门,偷偷地走进昏暗的院子里,看到赶集的农民把套好的马车停在那里,在他们准备回各自的家之前先喝杯啤酒。埃米尔也认为这一切都非常有趣。他把刚才的坏心情早忘了,他确信,迟早会找到阿尔弗雷德。最后他也确实找到了,但是现在他找到了别的东西。

正当他走到一条小后街的时候,听到从一座漆黑的院子里传来刺耳的嘈杂声,是几个汉子在叫骂,一匹马嘶鸣。埃米尔迅速从大门跑进去想看个究竟。不看不知道,一看确实吓了他一跳。院子里有一个古老的马掌铺,在炉火映照下,他看到一匹马,那匹他喜欢的棕色小马,一群汉子都气得鼓鼓的。你猜一猜,他们为什么生气?因为那匹棕色的小马不想钉掌。钉掌人一抬起它的腿,它就乱踢乱蹦,吓得汉子们四处躲闪。钉掌人揪着自己的头发,不知如何是好。

"我这辈子不知道为多少匹马钉过掌,"他说,"但是从来没见过像它这样的。"

你可能不知道钉掌人是干什么的吧?就是把鞋似的东西钉在马蹄上的人,对了,因为马像你一样也需要穿鞋,不然它们的蹄子磨裂了,走在光滑的路上会滑来滑去,走不稳。不过它

们的鞋不是普通的鞋，而是一种弓形铁，用钉子把它钉在马蹄上，如果你看见了，就会知道，很简单。

但是那匹棕色小马执意不肯要马掌。如果没有人动它的后腿，它就安安静静地站在那里，要多安静就有多安静，但是只要钉掌人走过来，一动它的腿，它就像刚才那样疯狂地乱踢乱蹦，任凭半打汉子手忙脚乱，也奈何它不得。买下这匹马的来自莫里拉的马贩子越来越生气。

"现在让我自己动手。"最后，他气急败坏地抓住马的一条后腿。但是他被马一蹄子踢到一个水坑里。

"好啦好啦，别费劲啦。"自始至终站在旁边的一位老农

开口了,"相信我吧,这匹马不能钉掌,人们在图那老家至少给它钉了 20 次都没钉成。"

这时候马贩子明白了,他的这笔生意上了当,他变得怒不可遏。

"这匹浑蛋马谁爱要谁要,"他高喊着,"只要别让我看见它就行!"

这时候有一个人走过来,除了埃米尔还有谁呢。

"我可以对付它。"他说。

但是这时候马贩子笑了。

"凭你,小嘎嘣豆儿!"

马贩子说把马给别人不是很认真的,但是周围站着很多人都听到了,他必须得给自己找个台阶下,因此说:

"好吧,如果你能弄住它,让我们把掌给它钉上,这匹马就归你啦!"

站在那里的人都笑了,因为他们自己都尝试过了,知道这匹马谁也弄不住。

但是你一定不相信埃米尔有那么笨。他对马的了解比整个伦纳贝亚乃至整个斯莫兰的任何一个人都多,埃米尔想,那匹棕色小马为什么又踢又蹦又叫呢?

"因为它跟家里的丽娜一样,怕别人胳肢!"

这是关键,只有埃米尔明白。小马当然怕痒痒。因此它才又踢又蹦,跟丽娜一模一样,当有人动它的后腿时,它发疯似的嘶鸣,就像丽娜被人胳肢会要笑死一样。好啦,你自己知道,别人胳肢你是什么感觉。

埃米尔走到马前面,用两只强有力的小手抱住马的头。

"喂,你听着,"他说,"我想给你钉掌,不要吵闹,我保证不胳肢你。"

请你猜一猜,后来埃米尔干什么啦?他转了一圈,绕到马的身后去,直接抱住马蹄子,把它举起来。那匹马只是回过头来友善地看了看埃米尔,好像

想知道埃米尔到底要干什么。如果你看到,马蹄子上一点儿也不比你的脚指甲更敏感,那你就明白了一切,它一点儿不觉得痒痒。

"请吧,"埃米尔对钉马掌的人说,"快拿来马掌!我弄住了。"

这时候从围观的人群中发出一阵惊叹,在埃米尔帮助钉马掌人连续给四个蹄子钉马掌的过程中,惊叹声不绝。

马掌钉好了,马贩子开始紧张不安。他记得自己的诺言,但是他不想兑现。他从钱包里掏出5克朗,想以此把埃米尔打发了。

"这钱大概够了吧。"他说。

但是这时候站在周围的农民都生气了,因为他们都很公正守信。

"别来这一套!"他们说,"马必须给男孩子!"

诺言兑现了。马贩子很富有,大家都知道,为了不丢脸,他不得不遵守诺言。

"好啦,300克朗不是整个世界,"他说,"拉着这匹坏蛋马,滚吧!"

请你猜一猜,埃米尔有多么高兴!他跳上刚钉过掌的小马,像一位威风凛凛的将军,骑着马从大门出去。所有的农民都向他欢呼,钉马掌的人说:

"只有在维莫比的土地上才会发生这样的事情!"

埃米尔骑着马兴奋而自豪地穿过喧闹的市场,脸上容光焕发。走到大街上时,拥挤的人群中走来阿尔弗雷德。啊,真的是他!

他猛地站住,瞪大眼睛看着埃米尔。

"我的上帝!"他说,"那是哪儿来的马呀?"

"我的。"埃米尔说,"它叫鲁卡斯,你可能不信,它跟丽娜一样怕胳肢。"

正说着丽娜过来了,用力抓着阿尔弗雷德的大衣袖子。

"我们该回家了,知道了吗?"她说,"东家正在套马。"

啊,开心的事现在结束了,卡特胡尔特庄园的人又要回到伦纳贝亚。但是有一件事埃米尔一定要做,他想把自己的马给高特弗里德看看。

"请告诉我爸爸一声,五分钟后我就回去。"说完他就骑着马奔向市长家的院子,马蹄踏在卵石路上发出"嗒嗒"的响声。

10月的夜幕笼罩着市长家的房子和花园,所有的窗子都明亮辉煌,里边传出欢乐的笑声和说话声。市长家的宴会正紧张地进行着。高特弗里德待在花园里,他不喜欢宴会。他在花园里又踩起了高跷。当他看见埃米尔骑着马过来时,头朝下又栽到了丁香花丛里。

"这是谁的马?"他刚从花丛中抬起头就问。

"我的!"埃米尔说,"它是我的!"

高特弗里德一开始不相信,但是当他后来知道了这是千真万确的时候,气坏了。为了买马的事他不是跟他爸爸从早吵到晚吗?但是每次他的爸爸都这样回答:

"你太小,像你这个年龄的孩子,没有一个人有马的!"

真是弥天大谎!埃米尔现在来了,他的爸爸可以亲眼看一看,如果他头上长着眼睛,如果他想出来看一看的话!但是他正坐在家里参加宴会,高特弗里德告诉埃米尔,他的爸爸正坐在一大群愚蠢的人中间,吃呀,喝呀,说呀,发表演讲呀,没完没了。

"我无法把他弄出来。"高特弗里德沮丧地说,眼睛里含着泪水。

埃米尔非常可怜高特弗里德,他的鬼主意无时不在。如果

市长不出来看马，马可以去看市长，这倒是没什么困难的。只要骑着马上台阶，穿过前廊，进入餐厅就行了。唯一需要高特弗里德做的就是打开门。

如果你正参加宴会，突然进来一匹马，你会看到，一部分人会瞪大眼睛，会吓一跳，好像他们过去从来没看到过马。参加市长宴会的人也是这样，特别是市长本人。他吓了一跳，一小块蛋糕正好卡在他的食道里，当高特弗里德高声责备他时，

他连为自己辩护的一个字也说不出来。

"你现在还说什么?你难道没看见,有马的大有人在!"

不过所有参加宴会的人对于进来一匹马都很高兴,这是很自然的,因为马是一种令人喜爱的动物。大家都想摸一摸鲁卡斯。埃米尔骑在马背上,满意地微笑着。他很愿意让别人摸他的马。

这时候走来一位年迈的少校,他想卖弄一下自己是弄马的行家里手。他想捏捏鲁卡斯的后腿,哎呀,哎呀,哎呀,他不知道鲁卡斯多么怕痒痒!

市长正巧把那块蛋糕吐出来,刚要对高特弗里德说些什么,就在这一瞬间,少校去捏鲁卡斯的后腿,转眼间飞起一双马蹄,踢在后面的一张小餐桌上,上面放的奶油蛋糕飞起来,不偏不斜,正好落在市长的头上。

"噗噜噜。"市长嘴里发出这样的声音。

真好玩儿!大家对此哄堂大笑,他们的良心真不怎么样。只有市长夫人不敢笑。她手拿切蛋糕的铲子,战战兢兢地走过去,现在需要在他丈夫的眼前挖一个洞,至少让她可怜的丈夫透过洞能往外看。不然他无法看到在他的生日宴会上到底发生了什么事。

这时候埃米尔突然想起来,他该回伦纳贝亚了,他骑着马迅速冲出大门。高特弗里德跟在后边跑,因为他的爸爸满头沾

满奶油，无法与他交谈，再说高特弗里德也不愿意离开鲁卡斯。

埃米尔在大门口外边等着他，以便说再见。

"你真幸福。"高特弗里德一边说一边用手最后一次抚摩鲁卡斯。

"对，我很幸福。"埃米尔说。

高特弗里德叹了口气。

"不过我们毕竟还有烟火晚会，"他说，好像是自我安慰，"你看！"

他指给埃米尔看存放在丁香花凉棚桌子上的烟花，这时候埃米尔心里一惊。尽管他急着要回家，但是在他可怜的生命中从未见过放烟花。

"我可以帮助你们试放一下，"他说，"看看它们灵不灵。"

高特弗里德没有细想。他从烟花堆里拿了一颗。

"就试一试这颗小跳蚤吧。"他指着一颗名为蹦蹦跳的烟花说。

埃米尔点一点头，从马背上跳下来。

"好，就让这颗小跳蚤蹦蹦跳吧。给我一根儿火柴！"

他拿到了火柴。噗，噗——闪着火光的小跳蚤跳了起来，一点儿也不假，它真灵！小跳蚤跳来跳去，然后跳回放烟花的

桌子，最后落在烟花堆里。我猜，它大概不想自己玩。不过埃米尔和高特弗里德都没注意到，因为他们突然听见背后有人高声叫他们，是市长从台阶上走下来，想跟他们说些什么。他身上的奶油差不多已经擦净了，只有沾在胡子上的那点儿仍然在10月的黑暗中闪着白光。

在维莫比的街道上，维莫比居民仍然在四处游荡，他们大声地说呀，笑呀，叫呀，完全不知道他们等来的是开心还是恐惧。

这个时刻终于来了！他们内心一直战战兢兢的那件可怕的事来了。突然市长家院子上空火光冲天，整个宇宙变成一片火海，吱吱叫的火蛇、闪光发亮的火球和熊熊烈火，叮当乒乓、哧哧，各种令人恐惧的声音吓得可怜的维莫比居民脸色苍白。

"彗星！"他们高喊着，"救命呀，我们要死啦！"

有人哭，有人叫，人们从来没有听到过这座城市里有如此惊恐的哭叫声。因为大家都以为，他们的末日到了。可怜的人们，为什么他们要喊叫，一大堆一大堆地晕倒在大街上呢？只有彼特尔夫人安静地坐在自己的玻璃游廊里，看着外面的火球翻滚。

"我已经不信什么彗星了，"她对小猫说，"我敢保证，是那个埃米尔又在捣蛋。"

彼特尔夫人说的是真话。当然是埃米尔和他放的那颗小蹦

蹦跳点燃了整堆生日烟花,结果在空中一下子全爆炸了。

不过还真幸运,正好在这一刹那市长碰巧出来,不然他可能一点儿也看不见那堆烟花。他站在那里,火花飞溅,爆炸声不绝于耳。他不停地跳来跳去,躲闪飞到耳边的火球。埃米尔和高特弗里德知道,市长肯定觉得很有意思,因为每次一跳他都会高兴地小声叫起来。只有一次例外,当一个"二踢脚"吱吱地钻进他一只裤腿里的时候,他明显生气了,不然的话,他怎么会大哼一声以后就停止雀跃,跑到墙角接雨水的桶旁边,迅速把腿伸到水里呢?其实不应该这么对待"二踢脚",放到水里就熄火了,这一点他应该估计到。

"我总算看到了一次放烟火。"埃米尔说。他躲在市长的木柴房后边,旁边是高特弗里德。

"对,你确实看过放烟火了。"高特弗里德说。

然后他们静静地等着。没等什么特别的东西,只是等市长不再像一只发怒的大黄蜂一样在花园里转。

过了一会儿,当卡特胡尔特庄园的马车驶回伦纳贝亚时,太阳早落山了,火球也熄灭了,只有天上的星星在杉树冠上空闪烁。森林漆黑,道路漆黑,只有埃米尔骑着马在黑暗里欢声唱道:

喂喂喂,我的好父亲,
我的马多英俊,
大腿肌肉真丰满,
它奔跑起来可真带劲。

埃米尔的爸爸赶着马车,对埃米尔非常满意。尽管他的儿子用各种不同的淘气手段和彗星差一点儿把彼特尔夫人和整个维莫比的人吓死,但是他也能不花一分钱弄来一匹马呀。这不是比什么都好吗?这样的孩子在整个伦纳贝亚没有第二个,这次可不能再把他关进木工房,埃米尔的爸爸想。

此外,他的情绪特别好,可能是因为在他刚要回家的时候,碰到一位老相识,请他喝了几瓶维莫比优质啤酒。埃米尔的爸爸平时不喝啤酒,啊,他可不是那种人,不过现在有人请

他,不用花钱白喝,他能不喝吗?

埃米尔的爸爸高兴地扬着鞭子,赶着马车往前走,他加重语气说:

"这里来了卡特胡尔特亲爱的父亲……顶天……天……天立地的男子汉!"

"行啦行啦行啦,"埃米尔的妈妈说,"真是幸运,不是每天都有集市。啊,现在好不容易回家了,真好!"

小伊达在她的膝盖上睡着了,手里紧握着自己得到的市场礼物,是一件小型瓷花篮,篮子里放着粉红色的瓷玫瑰,花篮上有"维莫比纪念"几个字。

丽娜在后排座位上靠着阿尔弗雷德的胳膊睡着了。阿尔弗雷德的胳膊也睡着了,因为丽娜一直重重地压着它,不过他身体的其他地方还挺清醒,像他的东家一样,精神焕发,他对在他身边骑马的埃米尔说:

"明天要拉一整天的粪肥,一定非常开心。"

"明天我要骑我的马,"埃米尔说,"骑一整天,一定非常开心。"

就在这个时候,马车拐进最后一条小路,他们看到了卡特胡尔特庄园厨房窗子上的灯光,克吕莎-玛娅做好晚饭正等着他们。

现在你可能以为,埃米尔有了自己的马以后就不再淘气

了，其实不然。他只骑了两天鲁卡斯，到第三天，就是11月3日他就不骑了。请你猜一猜，他做什么了……哈哈哈，我一想起来就好笑！事情是这样的：埃米尔正好在这一天……不行，止住！止住！我已经向埃米尔的妈妈保证，永远不讲11月3日他做的事情，实际上就是发生那件事以后的事情，你还记得那件事吧，当时伦纳贝亚居民集资，要把埃米尔送到美国去。埃米尔的妈妈非常想忘掉这件事，所以她在蓝色日记本上都没写，那我为什么还要讲呢？不讲了，但是你可以听一听埃米尔在这一年的圣诞节第二天想着法子淘气的事。

12月26日 星期一
埃米尔举办卡特胡尔特报销大宴会
捕狼陷阱里活捉女领班

首先要熬过寒冷、多雨和漆黑的秋天，然后才到圣诞节，这个季节什么地方都让人不特别开心。卡特胡尔特庄园也不例外。阿尔弗雷德在蒙蒙细雨中跟在牛后边犁多石子的农田，埃米尔走在他身后的犁沟里。他帮助阿尔弗雷德赶疲惫不堪而又无可奈何的耕牛，它们一点儿都不明白犁地有什么好处。天黑得很早，阿尔弗雷德卸了牲口，他们懒洋洋地回家，阿尔弗雷德、埃米尔和牛。阿尔弗雷德和埃米尔踩着两只大泥脚就进了厨房，把刚将地板擦干净的丽娜气得要死。

"她真事儿妈，"阿尔弗雷德说，"谁要是和她结了婚，一辈子不得安宁。"

"对，你可能就得这样。"埃米尔说。

阿尔弗雷德没有说话，他想了一会儿。

"不，你听着，也可能不是，"他最后说，"我受不了，但是我又不敢告诉她。"

"你的意思是让我去说？"比他大胆、勇敢的埃米尔问，但是阿尔弗雷德不想让他说。

"一定要说得婉转一点儿，"他说，"免得她伤心。"

阿尔弗雷德考虑了很久，他应该怎么样婉转地告诉丽娜，

他不愿意跟她结婚,但是他没有想出什么好办法。

此时,秋季的黑暗沉重地笼罩着卡特胡尔特。下午三点钟厨房里就要点起煤油灯,然后大家坐在一起,各干各的活儿。埃米尔的妈妈在纺车上纺一种又细又白的线,准备给埃米尔和伊达织袜子用。丽娜和克吕莎-玛娅在梳羊毛。埃米尔的爸爸在修鞋,不然交给鞋匠修要花很多钱。阿尔弗雷德也不错,他在补自己的袜子。袜子的后跟和大脚拇指前边总是有大窟窿,但是阿尔弗雷德硬把它们前后缝在了一起。丽娜本来想帮助他,可是他不愿意让她帮助。

"不行,你听着,这样的话我就被套住了,"他向埃米尔解释说,"以后再说什么也不管用了。"

埃米尔和伊达经常坐在桌子底下跟小猫玩。有一次埃米尔让伊达把猫想象成一只狼,伊达怎么也想象不出来,这时候他从嗓子里憋出一声狼叫,把厨房里所有的人都吓了一跳。他的妈妈想知道,叫这一声是什么意思,这时候埃米尔说:

"啊,因为我们桌子底下有一只狼。"

克吕莎-玛娅听了以后立即讲起了狼的故事,埃米尔和伊达高兴地爬过去听。吓人的事情要来了,他们很清楚,因为克吕莎-玛娅专讲令人毛骨悚然的故事。不是杀人凶手、江洋大盗和妖魔鬼怪,就是可怕的砍头、纵火、天灾人祸、生老病死和洪水猛兽。比如现在说的狼。

"我小的时候,"克吕莎-玛娅开始讲,"斯莫兰这地方有很多狼。"

"但是后来卡尔十二世来了,把它们都用枪打死了,对吧。"丽娜说。

这时候克吕莎-玛娅生气了,因为虽然她老了,但是还不像丽娜说的那么老。

"你知道的话,就你讲吧!"克吕莎-玛娅说,她不想再讲下去。但是埃米尔使劲求她,她又开始讲有关狼的可怕故事,讲她小的时候,人们怎么样挖陷阱捕捉狼。

"那就不需要卡尔十二世来了。"丽娜开始说,但是她马上住嘴了。住嘴也没有用。克吕莎-玛娅又生气了,也难怪她这样。卡尔十二世是生活在几百年前瑞典的一位国王,这你一

定要知道，克吕莎-玛娅跟他不是同一时代的人，她没有那么老。

埃米尔又使劲求她。这时候她开始讲人狼，它们是狼群中最可怕的动物，在月光下到处乱窜。"人狼会说话，"克吕莎-玛娅说，"因为它们不是普通的狼，是介乎狼与人之间的动物，它们最危险。如果在月光下碰上这么一只人狼，你的小命就完了，因为它们是最凶猛的动物。"

"所以夜里有月光的时候，应该待在家里。"克吕莎-玛娅一边说一边瞪了丽娜一眼。

"尽管卡尔十二世……"丽娜又开始说。

这时克吕莎-玛娅扔下梳子并且说，现在她一定要回家了，因为她感到自己老朽和疲倦了。

晚上埃米尔和伊达躺在卧室的床上时，他们又开始讲狼的事情。

"真不错，如今没有多少狼了。"伊达说。

"没有吗?"埃米尔说,"你怎么知道的,你也没有捕狼的陷阱。"

他很久没有睡着,翻来覆去地想这个事,越想越觉得有把握,只要挖一个捕狼的陷阱,就能在陷阱里捕到一只狼。说干就干,第二天一大早,他就在木工房与食品储藏室之间的空地上挖捕狼陷阱,那块地上夏天曾经长过很多荨麻,但是现在堆满枯枝败叶。

挖一个陷阱要花相当长的时间,陷阱要很深,狼掉进去就不能爬出来。阿尔弗雷德不时地帮埃米尔挖几铁锹,但是快到圣诞节了,陷阱还没有挖成。

"没什么关系,"阿尔弗雷德说,"因为只有冬天到了,天气凉了,狼饿得难受时,它们才从森林里走出来。"

小伊达一想起远处森林里的饿狼,在寒冷的冬夜走来,在墙角周围嗥叫,浑身就打战。但是埃米尔不打战,他瞪大眼睛看着阿尔弗雷德,对狼可能掉进他的陷阱感到非常高兴。

"我现在一定要用树枝把陷阱伪装好,让狼看不出来。"他满意地说,阿尔弗雷德赞成他的看法。

"说得对!干什么事都有窍门,这是斯图勒-尤克说的。捉虱子别用手指,要用脚趾,免得被它们发现!"

这是流行在伦纳贝亚地区的一句谚语,但是阿尔弗雷德不应该这么说,因为斯图勒-尤克是他的爷爷,住在伦纳贝亚的济贫院里,可不能拿自己的爷爷开玩笑。尽管阿尔弗雷德没什么恶意,确实没有。大家也都这么说这句谚语。

然后就等着寒冷的冬天,冬天也真的来了。就在圣诞节前夕,天气一下子就冷了起来,接着就下起了大雪,真让人高兴。整个卡特胡尔特,整个伦纳贝亚和整个斯莫兰,都大雪纷飞,最后一切都变成了一个大雪堆。只有牧场周围的木桩露在外面,人们靠它们识别路的走向。隐藏在木工房与食品储藏室之间的捕狼陷阱,没有一个活人的眼睛能看到。柔软的白雪像地毯一样盖在上面,埃米尔每天晚上都向上帝祈祷,伪装在上面的树枝在狼掉进去之前可别被雪压塌了。

这期间卡特胡尔特的人都很忙,大家都准备过圣诞节。首先是做圣诞节大扫除。丽娜和克吕莎-玛娅趴在卡特胡尔特河边的码头上洗呀、涮呀,丽娜一边哭一边吹手指头,她的手指甲因冻裂而疼痛。杀过圣诞节吃的大肥猪,厨房就没有一点儿空地方了。丽娜说,各种猪血豆腐、猪肉香肠、粉肠、猪肉灌

肠、土豆肠、熏肠以及火腿、果冻和排骨，我说不全，把那里挤得满满的。圣诞节的时候，杜松子酒也放在那里。杜松子酒是埃米尔的妈妈在酿造室的大木桶里酿造的。还要烤面包，面包的种类多得让人头晕目眩，长面包、蜜糖面包、喷香的黑麦面包、藏红花面包、普通的白面包、椒盐饼和一种特别的小型圆面包圈、酥皮点心、油煎饼和黄油酥饼，哎呀，我实在说不全。当然还有蜡烛，这是必备的。埃米尔的妈妈和丽娜忙了几乎一整夜制作大大小小的枝形蜡烛，因为圣诞节马上就要到了。阿尔弗雷德和埃米尔把鲁卡斯套在雪橇上，到森林里去找

合适的圣诞树,埃米尔的爸爸到谷仓里找到存在那里的几捆燕麦,放在院子里给麻雀吃。

"这实在是发疯了!"他说,"不过圣诞节来临时,麻雀也得过节呀。"

还有很多人需要考虑,圣诞节来临时,有很多人也要过节呀。济贫院里的孤寡老人!你大概不知道什么是孤寡老人,也不知道什么是济贫院。对此你应该高兴。过去有一种济贫院,我给你好好讲一讲,那要比克吕莎-玛娅讲的形形色色的杀人犯、鬼怪和野兽还要可怕。你想想吧,一个小房子里,有几个房间,里边住满贫穷、虚弱的老人,又脏又臭,充满饥饿和苦难,这你就知道了,什么是穷苦的孤寡老人和济贫院。伦纳贝亚的济贫院一点儿也不比其他地方差,但仍然是一个很可怕的地方,当人老了不能自理以后,就要落到那样一种境地。

"我可怜的爷爷,"阿尔弗雷德经常这样说,"他没有什么开心的日子。如果那个女领班不是一个母老虎的话,情况可能还会好一点儿。"

女领班在济贫院里一手遮天。当然她也是孤苦一人,但是她强壮有力、性格凶残,因

此她当了济贫院的领班。如果埃米尔长大了,成了社区委员会主席的话,本来不会出现这种情况,但是很遗憾,现在他仅仅是个小孩子,奈何不得女领班。阿尔弗雷德的爷爷害怕她,其他孤寡老人也怕她。

"看呀,她走在那里,像羊群中的一只吼狮。"斯图勒-尤克经常这样说。他有点儿怪,说起话来好像背诵《圣经》,但是他很善良,阿尔弗雷德很喜欢自己的爷爷。

住在济贫院的老人几乎从来没有吃饱过,埃米尔的妈妈认为,这真是大灾难。

"过圣诞节了,这些可怜的人也应该有点儿吃的了。"她说。因此在圣诞节前一两天,人们看到埃米尔和伊达抬着一个大篮子走在积满白雪的路上。篮子里放着埃米尔的妈妈送给济贫院的各种好吃的东西,各种香肠、肉冻、火腿,还有长面包、猪血豆腐、藏红花面包、椒盐饼、蜡烛,还有送给斯图勒-尤克的一小瓶鼻烟。

只有那些长期挨过饿的人才能明白,当埃米尔和伊达抬着篮子来到济贫院时,孤寡老人们是多么高兴,他们想马上就吃,不管是斯图勒-尤克,还是卡莱·斯巴德尔、约翰·埃特·厄烈、托克·尼克拉斯、拉卡烈-菲亚、里尔克鲁姗、维贝里坎、萨里娅·阿玛里亚等人,都有这个愿望。但是女领班说:

"平安夜才能吃,你们应该明白!"

没有人敢反对。

埃米尔和伊达回家了,随后平安夜到了。卡特胡尔特庄园这天特别开心,圣诞节那天也是如此。大家到伦纳贝亚教堂去做圣诞祈祷,埃米尔坐在雪橇上容光焕发,鲁卡斯和马尔库斯飞快地跑着,马蹄带起阵阵雪花,把其他雪橇远远抛在后面。

在整个圣诞祈祷过程中,埃米尔安静地坐在那里,啊,他的表现极佳,他的妈妈在蓝皮日记里这样写道:

"这小子实在很虔诚,至少没有淘气。"

整个漫长的圣诞节一天埃米尔都很听话。他和伊达一起友好地玩圣诞礼物,卡特胡尔特呈现出一派祥和的景象。

圣诞节第二天来了,埃米尔的爸爸和妈妈要到斯古尔普胡尔特去参加圣诞宴会,这个地方位于教区的另一边。那里所有的人都对埃米尔知根知底,因此没邀请小孩子。

"好吧,我没有什么亏吃的,"埃米尔说,"斯古尔普胡尔特的人可惨了。可怜的人们,这样他们就永远没有机会见到我!"

"对,连我他们也见不到。"伊达说。

现在的事情很明显,丽娜这一天只能待在家里照看孩子,但是一大早她就开始吵,非得要去看住在斯古尔普胡尔特附近的一个长工屋里的母亲。丽娜早就算计好了,因为是在同一方向,她可以顺便搭雪橇去。

"好啦,我可以照看孩子,"阿尔弗雷德说,"饭都是现成的,我就加点儿小心,别让他们动火柴之类的东西,不就成了嘛。"

"好,埃米尔的情况你都知道。"埃米尔的爸爸说。他不

安地注视着前方,但是埃米尔的妈妈说:

"埃米尔是一个非常可爱的男孩。他起码在圣诞节期间不会淘气。别吵啦,丽娜,你可以跟着!"

事情就这样定了。

阿尔弗雷德、埃米尔和伊达站在厨房窗子旁边,目送着雪橇沿着山坡消失了,雪橇完全看不见以后,埃米尔满意地蹦了起来。

"盖了帽儿啦!现在我们自由了。"他说。但是这个时候伊达用稚嫩的食指指着远方的路说:

"看呀,斯图勒-尤克来了。"她说。

"对,真是他。"阿尔弗雷德说,"这是怎么回事?"

按常规,斯图勒-尤克不能外出。他的头脑有点儿怪,他不能自理,起码女领班是这么说。

"他哪儿都不认识,"她说,"他要是迷了路,我可没时间到处找他。"

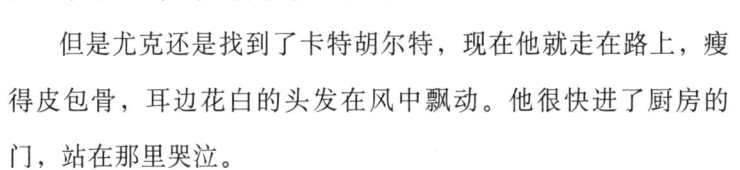

但是尤克还是找到了卡特胡尔特,现在他就走在路上,瘦得皮包骨,耳边花白的头发在风中飘动。他很快进了厨房的门,站在那里哭泣。

"我们没有吃到任何猪血豆腐,"他说,"也没有吃到什

么香肠。女领班把所有的东西都拿走了。"

后来他再也说不下去了，只是哭。

这时候埃米尔生气了，气得浑身打战，阿尔弗雷德和伊达都不敢看他。他的眼睛露出发疯的目光，他从桌子上抄起一个瓷盘。

"把那个女领班找来。"他高喊着，并把瓷盘摔在墙上，瓷片四处乱飞。

"把'墙'给我！"

阿尔弗雷德真害怕了。

"请冷静下来，"他说，"生这么大气没什么好处。"

随后阿尔弗雷德抚摩和安慰自己可怜的爷爷，他想知道，为什么女领班会做出这么可怕的事情，但是尤克只能说出这几句话：

"我们没有吃到任何猪血豆腐，也没吃到什么香肠。我也

没收到我的鼻……鼻……鼻烟。"他哭泣着说。

这时候伊达又指着远方的路说：

"看呀，里尔克鲁姗来了。"她说。

"为了把我带回家。"尤克说，他浑身开始打战。

里尔克鲁姗是一个个子矮小的贫苦老太婆，只要尤克不见了，女领班经常派她到卡特胡尔特来找。尤克经常到那里去，他的孙子阿尔弗雷德在那里，而埃米尔的妈妈对穷人也非常友善。

他们从里尔克鲁姗那里知道了事情的原委。女领班把吃的东西都藏在阁楼的一个箱子里，这个季节阁楼上面很冷，适合储藏，但是当平安夜晚女领班去取东西时，发现丢了一小根香肠，她勃然大怒。

"像羊群中的一只吼狮。"斯图勒-尤克说，里尔克鲁姗赞同他的说法。真残酷，为了这根香肠女领班要玩命，不惜采用一切手段要把偷香肠的人抓出来。

"不然的话，今天晚上就会变成上帝的天使哭泣的平安夜。"她曾经这样说。

"也确实成了那样。"里尔克鲁姗肯定地说。因为不管女领班怎么大喊大叫，没有一个人承认偷了香肠。有些人认为，女领班有意找茬儿，以便独吞那些好吃的东西。"不管怎么说，那个夜晚真的变成了上帝的天使哭泣的圣诞夜晚。"里尔

克鲁姗说。女领班在自己的阁楼里坐了一整天，桌子上点着蜡烛，吃着香肠、猪血豆腐、火腿和藏红花面包，简直要把肚皮撑破了，那是个肥胖的母老虎。但是在济贫院里，其他人坐在墙根儿下哭泣着，他们只吃上一点儿咸鲱鱼，就算过平安夜了。

圣诞节当天情况也差不多。女领班再次发誓，只要偷香肠的人不爬出来承认，谁也别想吃半块猪血豆腐。在此期间，她一个人坐在上边吃呀吃呀，跟谁也不讲一句话。里尔克鲁姗差不多一小时从钥匙孔里往里看她一次，看到埃米尔的妈妈送来的好东西渐渐消失在女领班宽大的嘴里。女领班现在担心斯图勒－尤克到卡特胡尔特传闲话，所以她对里尔克鲁姗说，死活要把他弄回来，一分钟也不能拖。

"我们最好现在就走，尤克。"里尔克鲁姗说。

"啊,爷爷!"阿尔弗雷德说,"穷人真可怜!"

埃米尔没说什么。他坐在木柴箱上,用力咬着牙齿。尤克和里尔克鲁姗走了以后很久,他还坐在那儿,看得出他在想事。最后他猛地用拳头一捶木柴箱说:

"我知道,有一个人一定能举行宴会!"

"那是谁呀?"伊达问。

埃米尔又用拳头捶了一下木柴箱。

"是我。"他说。然后他说了自己的打算。宴会说举行马上就得举行,要办得热热闹闹的,把伦纳贝亚济贫院的所有孤寡老人都请到卡特胡尔特来,马上!

"哎呀,埃米尔!"小伊达不安地说,"你敢保证不会是闯祸?"

阿尔弗雷德也担心,他认为,这可能要闯祸,但是埃米尔保证,这不是什么闯祸。这是上帝的天使会双手鼓掌的善行,就像他们为济贫院苦难的圣诞节哭泣一样。

"妈妈也会为此高兴。"埃米尔说。

"对,那爸爸呢?"伊达说。

"哎呀,"埃米尔说,"无论怎么说,都不是闯祸。"

随后他不说话了,又开始想事。

"不过要把他们从母狮子那里弄出来,可能最不容易。"

他说,"走,我们到那里去试一试!"

这时候女领班刚刚把所有的东西吃完,所有的香肠和猪血豆腐、所有的火腿和猪肉冻,藏红花面包和椒盐饼一块没剩,她还把斯图勒-尤克的鼻烟舒舒服服全用光了。现在她坐在阁楼里感到很不自在,人做了亏心事以后经常会这样,再说血豆腐她也吃得太多了点儿。她不愿意到其他人那里去,因为他们只是叹息,用眼睛瞪着她,不说一句话。

就在女领班坐在那里感到不自在的时候,她听见有人咚咚

地敲门,她赶忙从阁楼的楼梯上走下来,看看是谁来了。是埃米尔站在游廊上,卡特胡尔特的埃米尔。这时候女领班有些不安了,啊,因为她想到,可能是斯图勒-尤克或者里尔克鲁姗传了闲话,所以埃米尔才来吧!

但是埃米尔有礼貌地鞠个躬,并说:

"我最近一次来这里,是不是把折刀忘在这里了?"

你想一想,他还真够狡猾的,埃米尔!那把折刀一直放在他裤兜儿里,不过他要来济贫院,总得找点儿借口,所以他才这么说。

女领班肯定地说,他们从来没见过什么刀。这时候埃米尔说:

"香肠好吃吗?肉冻和其他东西味道怎么样?"

女领班低着头,紧张地看着自己那两只肥胖的大脚。

"当然,当然,"她快速地说,"噢,卡特胡尔特庄园慈爱的女主人,她很知道穷人需要什么。衷心地向她致意!"

这时候埃米尔说出他此行的目的,但他只是轻描淡写一带而过。

"妈妈和爸爸到斯古尔普胡尔特去参加宴会了。"他说。

这时候女领班开始活跃起来。

"今天斯古尔普胡尔特有宴会,这我怎么一点儿都不知道!"

"不知道好，如果你知道了，早到那儿去了。"埃米尔想。埃米尔和伦纳贝亚的其他人都知道，不管什么地方有宴会，女领班都能很快到场，准得像钟表。至少得让她尝一尝奶酪派才能把她打发走。为了吃上奶酪派，她可以上刀山下火海。如果你参加过伦纳贝亚的宴会，你就会像女领班一样知道，桌子上闪闪发亮的铜盘里，放着很长一排奶酪派，它们都是客人带来的礼物，在伦纳贝亚叫"出份子"。

"17个奶酪派，"埃米尔说，"你觉得少不少？"

埃米尔实际上不可能知道，斯古尔普胡尔特那里的宴会是不是有17个奶酪派，他也不敢硬说，因为他不愿意撒谎。他这么说只是一种策略：

"17个奶酪派，你觉得少不少？"

"啊，我想不少。"女领班说。

埃米尔走了。他已经完成了自己的任务。他知道，半小时之内，女领班就会踏上去斯古尔普胡尔特之路。

埃米尔估计得完全正确。他、阿尔弗雷德和小伊达站在木柴堆后边，看着女领班出来，披着宽大的毛披肩，胳膊上夹着乞食袋，她要到斯古尔普胡尔特去。但是人们可能想象不到，一个这样的母老虎，竟会锁上门，把钥匙装在袋子里。啊，这回可好啦！现在他们所有的人都被关在监狱里，那些可怜的孤寡老人，女领班可能认为这样真不错。现在看你斯图勒-尤克

还往外跑不跑，看谁有权力，看谁不是闹着玩的！

随后女领班拖着两条肥腿朝斯古尔普胡尔特走去。

埃米尔走过去，拉了拉门，试一试门锁了没有。阿尔弗雷德和小伊达也拉了拉，啊，门锁上了，一点儿没错。

所有孤寡老人都围在窗子跟前，惊恐地看着门外想进来的三个人。但是埃米尔喊道：

"你们都要去卡特胡尔特参加宴会，如果我们能把你们弄出来的话！"

这时候济贫院里立即乱了起来，像个大蜂房。这真是一件大好事，但同时也是一件非常麻烦的事，因为他们被锁在屋里，谁也想不出从里边把他们弄出来的好办法。

你可能会说，为什么不打开窗子爬出来呢，这不会有多难吧？看得出来，你从来没听说过内窗，冬天的时候济贫院的窗子不能开。它们都被钉死了，为了不使风从窗子缝吹进来，还

封了纸条。

那怎么通风呢,你可能要问吧?亲爱的孩子,你怎么会提这么愚蠢的问题!谁说过济贫院要通风呀,对这类事没有人感兴趣,因为大家只满足与室外相通的炉子以及墙壁和地板缝吹进来的那点儿新鲜空气。不行,从窗子他们无法出去,可怜的孤寡老人!倒是有一个窗子可以打开,但是在女领班的阁楼上,没有一个饥寒交迫的孤寡老人能从四米高的地方跳下来去参加宴会,如果他真的跳下来,肯定直接进天堂了,没错儿。

但是这类区区小事不会使埃米尔气馁。他从木柴房底下找来一个梯子,立在女领班的窗子底下,里尔克鲁姗已经高兴地把窗子打开。阿尔弗雷德爬上梯子。他高大魁梧,把瘦小枯干的孤寡老人抱下来不费吹灰之力。尽管老人们又喊又叫,但是他们还是一个一个都下来了。就剩萨里娅·阿玛里亚一个人。

她不敢也不愿意下来。但是维贝里坎保证,要尽可能多地把宴会上好吃的东西给她带回来。那时候阿玛里亚也就满足了。

如果这时候有谁在圣诞节第二天傍晚路过卡特胡尔特的马路,肯定相信他们看见了一群幽灵,他们步履蹒跚、一瘸一拐地行进在去卡特胡尔特的坡路上。那些衣衫褴褛的孤寡老人看起来真像幽灵,但是这时候他们高兴得像云雀,活跃得像孩子,哈,哈,哈,他们已经有很长时间没参加过宴会了!当女领班回来时,济贫院空空的,只有一个老人,他们想到这一点心里觉得很开心。

"嘿嘿,也够她难受的,"约翰·埃特·厄列说,"嘿嘿,她站在那里,空空如也,她大概可以感到,那是一种什么滋味!"

他们对此非常高兴。当他们走进卡特胡尔特庄园的厨房时,他们被那里浓厚的节日气氛惊呆了。埃米尔点燃了五支枝形蜡烛,火光把墙上刚擦过的铜盘映得金光闪闪,斯图勒-尤

克认为,他已经进了天堂。

"看呀,那里无限光明和富足。"他一边说一边哭,斯图勒－尤克不管是高兴还是伤心,都会哭。

这时候埃米尔宣布:

"宴会现在开始!"

宴会就这样开始了。埃米尔、阿尔弗雷德和小伊达齐心协力,从食品储藏箱里把能拿的东西都拿来了。我现在希望,你一定要知道,在圣诞节的第二天,卡特胡尔特庄园的餐桌上,他们最后拿来多少吃的。

它们是:

一盘血豆腐

一盘猪肉香肠

一盘肉冻

一盘猪肝炸饼

一盘熏香肠

一盘肉丸子

一盘牛排

一盘猪排骨

一盘粉肠

一盘土豆肠

一盘鲱鱼沙拉

一盘咸肉

一盘酱牛舌

一盘肉末香肠

一大盘圣诞火腿

一大盘圣诞干奶酪

一盘长面包

一盘蜜糖面包

一盘精制黑麦面包

一桶杜松子酒

一壶牛奶

一锅米粥

一盘奶酪派

一盘李子干

一盘苹果派

一碗奶油

一碗草莓酱

一碗香味儿梨

一头烤乳猪，上浇糖汁

我想就这么多。我可能忘记几样，最多不超过四样，为了

保险,就说五样吧,但是其他的东西我都说了。

他们坐在餐桌周围,来自伦纳贝亚济贫院的所有孤寡老人,他们非常耐心地等待着,随着饭菜一盘一盘地端上来,他们的眼泪越流越多。

最后埃米尔说:

"请诸位开吃!"

这时候他们开始吃,真的,他们吃得很香,厨房里发出阵阵响声。

阿尔弗雷德、埃米尔和小伊达也吃。但是伊达只吃几个肉丸子,因为她心里有事。就像她开始说的,这可能是一次淘气闯祸。她突然想起来,明天是圣诞节第三天,啊,这一天所有英阿托普的亲戚都要来卡特胡尔特!而这里的宴会把所有的东西都会吃得精光!她听见餐桌周围大嚼、大啃、大吃大喝,就像一群野兽趴在锅、碗和盘上,一派狼吞虎咽的景象。小伊达知道,他们这样吃,是因为他们太饿了,不过还是挺可怕的。她拉了一下埃米尔的胳膊,小声地对他说,只有他能听见:

"这真的不是一次淘气闯祸吗?你想想,明天英阿托普的人要来!"

"那里的人早已经吃得脑满肠肥,"埃米尔平静地说,"饭还是送给饥饿的人好。"

但是不管怎么样,他也开始感到有些不安,看样子宴会结

束时半块猪血豆腐也剩不下。没有填到嘴里的东西也会塞进口袋或者包里,盘子空得直闪亮。

"现在我已经把排骨报销了。"卡莱·斯巴德尔一边说一边把最后一块排骨吃下去。

"现在我已经把鲱鱼色拉报销了。"拉卡烈-菲亚说。

"报销",他们用这个词儿,其意思是他们把东西全吃了,盘子都空了。

"现在我们把一切都报销了。"托克·尼克拉斯最后说,他从来没说过这么准确的话。所以这次空前绝后的宴会被称为"卡特胡尔特报销大宴会",你一定知道,此后很长时间在伦纳贝亚和其他教区,人们一直谈论这件事。

现在只剩下一个东西没有吃,就是那头烤乳猪。它站在桌子上,充满糖汁的眼睛忧伤地向前看着。

"太残酷了,这头小猪看起来像个小幽灵,"拉卡列-菲亚说,"它我可不敢吃!"

她过去从来没见过烤乳猪,其他人也没见过。因此他们好像对这头小猪有点儿尊重,没有动它。

"可能没有剩下任何香肠。"当所有盘子都吃光的时候,卡莱·斯巴德尔说。但是这时候埃米尔说,此时此刻在整个卡特胡尔特只有一根香肠,它在他的捕狼陷阱的一个小棍上穿

着。香肠放在那里是作为诱饵,卡莱·斯巴德尔不能吃,其他人也不能吃。

这时候维贝里坎叫了一声。

"萨里娅·阿玛里亚!"她喊起来,"我们把她忘了!"

她向四周打主意,眼睛落到乳猪上。

"她,阿玛里亚,大概可以吃这个吧?尽管它的样子像个幽灵。你说呢,埃米尔?"

"好吧,那就把这个烤乳猪给她拿回去吧。"埃米尔一边说一边叹了口气。

他们都吃得太饱了,动也动不了了,他们无法自己走回济贫院。

"我们可以用雪爬犁。"埃米尔说。那就用吧。卡特胡尔特庄园有一个雪爬犁,又大又长,人们叫它"德吕根"。不管有多少孤寡老人,德吕根都装得下,尽管眼下他们比平时胖了一些。

现在到了晚上,天上的星星闪耀着,月亮也很圆,地上的新雪很松软,天气很作美,对于乘坐雪爬犁来说,这是个舒服的夜晚。

埃米尔和阿尔弗雷德互相配合,把所有的人都扶上"德吕根"。维贝里坎拿着乳猪坐在前面,其他人依次而坐,伊达、埃米尔和阿尔弗雷德坐在最后面。

"现在起程啦!"埃米尔高声说。

他们沿着卡特胡尔特山坡往下滑,身后扬起阵阵雪花,孤寡老人们高兴地叫着,因为他们已经很久没坐过爬犁了。啊,他们欢叫着,只有坐在前边的维贝里坎手里的猪一声不吭,用幽灵似的目光瞪着前方。

噢,那女领班呢,她在干什么?啊,你马上就知道了。我真希望你能看见她从斯古尔普胡尔特吃完奶酪派回来时的样子!你看她披着灰色的毛披肩,肥胖、满足,你看她掏出钥匙,把它插进锁——当她想到,此时此刻那些孤寡老人统统都服服帖帖待在里边时,她冷笑了一下,对对,对对,他们要识时务,知道谁说了算,一切都是女领班说了算。

这时候她转动钥匙打开门,跨过门槛,进入游廊……但是为什么这么安静?他们睡觉了,还是坐在那里生气呢?月亮从济贫院的窗子照射进来,每个角落都有月光,为什么她连一个带气的都看不见?因为那里没有一个人!喂,你听着,女领班,

那里没有一个带气儿的!

这时候女领班开始浑身打战,她一生中从来没有这么害怕过。谁能从上锁的门走出去呢?只有上帝的天使……对,一定是这样!那些被她骗了香肠、猪血豆腐和鼻烟的可怜老人已经被上帝接到比济贫院更好的地方。他们只把她抛下受苦受难,嘿,嘿,嘿!女领班像狗一样狂吠起来。

这时候她听见远处一张床上有声音,有一个皱皱巴巴的小东西躺在被子底下。

"你在叫什么?"萨里娅·阿玛里亚说。

女领班立即来了精神!她立即从阿玛里亚嘴里逼出了她要知道的一切!这种事女领班是擅长的。

随后她便朝卡特胡尔特跑去。现在到了那些孤寡老人回家的时候,所以一定要快,一定不要声张,免得在伦纳贝亚招惹过多的议论。

卡特胡尔特庄园在月光下显得格外漂亮。她看见,厨房的窗子被许多蜡烛照亮。这时候她突然感到害羞了,不想走进去。她应该先从窗子往里看,那些孤寡老人是否真的坐在那里参加宴会。她需要有一个箱子或者别的什么东西放在脚下踩着,不然她够不着。女领班朝木工房那边转了一下,想找个东西。东西找到了,但不是箱子。她找到了一根香肠。你一定知道,那根好吃的土豆香肠穿在一根木棍上,放在月光下的雪地里!女领班吃奶酪派已经吃得很饱了,肚子都快撑破了,但是她知道,人很快就会饿,再说让那根香肠放在那里浪费掉了简直是发疯,她这样想。她向前迈了一步,只迈了一大步。

在昔日的斯莫兰,人们用这种办法捕捉狼。

就在同一时刻,就在女领班掉进陷阱的时刻,卡特胡尔特的宴会结束了,所有的孤寡老人都坐着雪爬犁回家了。人们没有听见陷阱里有什么声音,因为女领班一开始不想喊救命,以为自己能爬上去,所以她没有吭声。

孤寡老人们坐着爬犁一下子顺着坡道滑下去,很快到了济贫院,他们惊奇地发现门开着,便走进去。吃过饭、坐过雪爬犁以后他们马上就想上床睡觉,这么多年他们从来没有如此高

兴过。

埃米尔、阿尔弗雷德和小伊达在星光和月亮照耀下返回卡特胡尔特。埃米尔和阿尔弗雷德拉着雪爬犁沿着坡往上爬,伊达坐在上面,因为她太小了。

如果你曾经拉着自己的雪爬犁在一个月光明亮的平静夜晚走在伦纳贝亚地区的一条小路上,你就会知道,那里有多么宁静,就像整个地球都沉睡了。你可以想象到,在这宁静中突然听到大声号叫会有多么可怕。正当埃米尔、阿尔弗雷德和伊达在没有任何思想准备的情况下爬上最后一段坡道时,突然听到从远处埃米尔的捕狼陷阱里传来几声号叫,把人吓得血液都要凝固了。小伊达吓得脸色苍白,她立即想妈妈了,但是埃米尔没有,他高兴得发疯似的跳了起来。

"我陷阱里来了一只狼,"他喊叫着,"哎呀,我的'墙'在哪儿?"

他们越靠近,里边的号叫声越大。整个卡特胡尔特的四周都回响着号叫声,人们以为森林里的狼都挤满了,它们在回应着被捕的那只狼的哀号。

但是阿尔弗雷德说:"这只狼的叫声奇怪,你们听!"

他们静静地站在月光下,听着那只狼可怕的号叫。

"救命,救命,救命!"她叫着。

这时候埃米尔的眼睛一亮。

"一只人狼，"他高声说，"没错，肯定是一只人狼！"

他用力跳了几步，抢在别人之前到了陷阱旁边。他看到了他捕获的是一只什么样的狼。哪里是什么人狼，而是那个倒霉的女领班。埃米尔大怒，她跑到他的陷阱里干什么！他要捕的是一只真正的狼。但是后来他仔细想了一下，女领班掉进他的捕狼陷阱可能还是有一定的意义。他觉得应该驯服一下她，让她变得友善一些，别那么凶恶。他觉得应该教她更懂事。因为她也需要学习，因此他叫过来阿尔弗雷德和伊达：

"过来！你们快来看一只丑陋的怪物！"

他们三个人站在那里，瞪大眼睛，看着身披灰色毛披肩、样子像一只狼的女领班。

"你敢保证那是一只人狼吗？"小伊达用颤抖的声音说。

"你应该相信，"埃米尔说，"正是一只凶残的老母人狼，它们是动物中最危险的。"

"对，因为它们特别贪婪。"阿尔弗雷德说。

"对，请你们看那只，"埃米尔说，"她过去贪吃了那么多东西。不过现在该结束了。阿尔弗雷德，快把'墙'给我！"

"哎哟，小埃米尔，你瞧我是谁呀。"女领班高声喊着，听埃米尔讲到枪时，她真的吓坏了。她不知道，这是阿尔弗雷德给埃米尔削的玩具枪。

"你听到了吗，阿尔弗雷德，人狼说什么？"埃米尔问，"我没听清楚！"

阿尔弗雷德摇了摇头。

"没有，我也没听清楚。"

"算了，反正我也不在乎，"埃米尔说，"把'墙'给我，阿尔弗雷德！"

这时候女领班高声叫起来：

"你们没听见，是我被卡住了吗？"

"她说什么？"埃米尔说，"她想知道我们有没有看见她的姑姑吧？"

"对，但是我们没有。"阿尔弗雷德说。

"对，没有，大概也没有看见她的姨妈，"埃米尔说，"不过我们很快就会看到满陷阱的老人狼。把'墙'给我，阿尔弗雷德！"

这时候女领班大喊大叫起来。

"你们是成心捣乱,我心里明白。"她哭泣着说。

"她是说她喜欢吃'心里白'吗?"埃米尔问。

"对,她是这么说的,"阿尔弗雷德说,"但是我们没有'心里白',只有'心里美'。"

"没有,整个斯莫兰也没有'心里白',"埃米尔说,"因为都让那个女领班吃绝种了。"

这时候女领班比刚才号叫得更厉害,因为这时候她明白了,埃米尔已经知道她对斯图勒－尤克和其他可怜的孤寡老人们所做的丑事。她的号叫使得埃米尔产生了恻隐之心,因为他是一个心地善良的男孩子。但是如果济贫院的状况没有什么改变,他不想轻易放过女领班,因此他说:

"你听着,阿尔弗雷德,如果你再仔细看一看那只人狼,你难道不认为它在某些方面有点像济贫院的女领班吗?"

"啊,真可怕,"阿尔弗雷德说,"那个女领班比斯莫兰所有的人狼都可怕!"

"对,一点儿不错,"埃米尔说,"人狼与女领班相比,实在是小巫见大巫了。她不关照任何人。我怀疑,究竟是谁拿走了那根香肠?"

"是我,"女领班沮丧地说,"是我!我什么都承认,只要你们能帮助我从这里出去!"

这时候,埃米尔和阿尔弗雷德相互看了看,平静地笑了。

"阿尔弗雷德，"埃米尔说，"你头上长眼睛了吗？你难道没看见，那是女领班！不是什么人狼！"

"上帝保佑，"阿尔弗雷德说，"我们怎么会搞错了？"

"对，我不明白，"埃米尔说，"当然他们很像，是很像，但是一只人狼，不会有这类披肩吧。"

"对，不会有！但是毛人狼是有的，对吗？"

"喂，阿尔弗雷德，你一定要善待女领班，"埃米尔说，"快拿一个梯子来！"

女领班在陷阱里得到一个梯子，她大声叫着爬上来，然后撒丫子就跑，她要永远离开卡特胡尔特。她一步也不想再踏进那里。但是到了路的拐弯处她回过头来，高声说：

"不错，是我拿了香肠，上帝原谅我，但是我在平安夜把这件事忘了。我保证，我真的忘了。"

"那样的话，最好让她坐在这里一会儿，好好想想，"埃米尔说，"不过挖了个捕狼陷阱也不错。"

女领班吃力地摆动着两条肥腿沿着坡路走下去，当她走回济贫院的时候，已经气喘吁吁。这时候济贫院的孤寡老人都躺在爬满虱子的床上睡着了，女领班死活不想惊醒他们，所以她像幽灵一样偷偷地走进去，从来没这样安静过。

她数了数人数，孤寡老人全在，一个不少。斯图勒－尤克和卡莱·斯巴德尔，约翰·埃特·厄烈和托克·尼克拉斯，

拉卡烈-菲亚和里尔克鲁姗,维贝里坎和萨里娅·阿玛里亚。但是她突然看见了另外一个东西。在萨里娅·阿玛里亚床边的桌子上站着……啊,我的天啊,那里站着一个幽灵,没错儿,肯定是一个幽灵,尽管像一头小猪,一头闪闪发亮的可怕小猪或者真是一只人狼站在那里,用可怕的白眼睛瞪着她!

同一天里发生那么多可怕的事情,对女领班来说实在是祸不单行。她叹息一声瘫在地上。她躺在那里睡着了,直到圣诞节的第三天,太阳从济贫院的窗子照射进来,她才醒。

圣诞节第三天,这天英阿托普的亲戚要来卡特胡尔特参加宴会,哎呀,哎呀,哎呀,可拿什么东西举行宴会呢?嗨,没关系!食品储藏室的缸里还有很多腌肉、土豆炒肉片、酱汁浇

洋葱，就是国王来也拿得出手。

但是埃米尔的妈妈这天晚上写蓝皮日记时，她很伤心，这一点必须得承认，直到今天那页日记上还有污点儿，好像谁的眼泪掉上边了。

"圣诞节第三天，晚上我很难过，"最上面是这样一句话。然后是："今天他在木工房里坐了一整天，可怜的孩子。他确实是一个心地善良的男孩子，但是我觉得有时候他有点儿太疯。"

卡特胡尔特庄园的生活依旧。冬天很快过去。春天已经到来。埃米尔经常坐在木工房里反省，他不在木工房时，就跟伊达玩，骑他的鲁卡斯，赶送牛奶的车，逗丽娜生气，跟阿尔弗雷德聊天，慢慢地又去惹祸淘气，从早到晚变着花样淘，这使得他的生活丰富多彩。就这样到了5月初的时候，木工房架子上的木头老头儿已经有了125个，这小子真够能干的！

阿尔弗雷德不惹祸淘气，但是他也有烦恼，啊，到现在他也没敢把那件事告诉丽娜。就是不想和她结婚那件事。

"最好由我去说。"埃米尔说，但是阿尔弗雷德不想让别人说这件事。

"一定要说得婉转一点儿，我说过了，免得她伤心。"

阿尔弗雷德有一颗善良的心，他不知道有哪个带气儿的能给他出个主意，让他能婉转一点儿对丽娜讲。5月初的一个周

末，丽娜坐在长工屋前的台阶上，一往情深地等着阿尔弗雷德跟她谈恋爱，这时候阿尔弗雷德决定把那件事说开了！他从长工屋的窗子探出头来对她高声说：

"喂，丽娜，有一件事我一直想对你说！"

丽娜立即一笑，她以为要听的好事大概要来了。

"什么事呀，亲爱的阿尔弗雷德，"她反问道，"你要说什么？"

"是这样，就是我们过去说过的结婚那件事……喂，我们把它扔到大粪坑里算了！"

啊，他怎么能这么说呢，可怜的阿尔弗雷德！讲这样的话是很可怕的。我本来不愿意讲给你听，因为我不愿意在你已经学会很多脏话的基础上再教你几句。不过你应该记住，阿尔弗雷德只是伦纳贝亚的一个贫苦长工，跟你可不一样。他想不出更好的办法讲，尽管如此，他还是绞尽脑汁想了很久才想出那句话，可怜的阿尔弗雷德！

丽娜没有伤心。

"你相信吗？好吧，"她说，"那你就等着瞧吧！"

阿尔弗雷德这时候明白了，他永远也不可能摆脱丽娜。但是这个晚上他还是可以自由、快乐一番，所以他和埃米尔一起到卡特胡尔特湖去钓鲈鱼。

这是一个美丽的晚上，只有斯莫兰省有。卡特胡尔特当地特有的樱花竞相怒放，黑色的画眉鸟儿叫个不停，蚊子飞来飞去，鲈鱼愉快地咬着食饵。他们坐在那里，埃米尔和阿尔弗雷德，看着浮漂儿在明亮的水面跳动。他们说话不多，但心里相

当愉快。他们一直坐到太阳开始落山,才起身回家。阿尔弗雷德手里拿着穿鲈鱼的树枝,埃米尔吹着阿尔弗雷德给他削的口哨。他们穿过林间草地,走过碧绿的桦树下的羊肠小道。埃米尔的口哨吹得那么动听,连画眉鸟都惊得住了嘴,但是他突然不吹了,把口哨从嘴里拿出来。

"你知道我明天做什么?"他说。

"不知道,"阿尔弗雷德说,"又要淘气?"

埃米尔把哨子放进嘴里,又开始吹。他一边走一边又吹了一会儿,认真地思索着。

"我也不知道,"他最后说,"每次淘了气、惹完祸以后我才知道。"

第三部

埃米尔仍然生活在伦纳贝亚

淘气包埃米尔
Taoqibaoaimier

在整个伦纳贝亚，在整个斯莫兰，在整个瑞典——谁知道呢——可能在整个世界，没有一个孩子像埃米尔那么淘气的，很久以前他住在斯莫兰省的伦纳贝亚教区的卡特胡尔特。他长大了以后成为社区委员会主席，这实在是个奇迹，但是他真的当了主席，成为整个伦纳贝亚最有出息的男子汉。多好啊，你会看到，不管多么小的孩子都会长大，随着时间的推移，他们会变得非常优秀，我一想到这一点，心里就觉得特别开心。你不觉得是这样吗？啊，肯定觉得是这样，因为你可能也淘气过，我说得对不对？是吗，没有？我说错了吗？

卡特胡尔特的阿尔玛·斯文松是埃米尔的妈妈，她把儿子所有淘气的事都写在蓝色日记本上，然后藏在柜子里。最后柜子里装得满满的，几乎拿不出东西来。总有一本横在那儿，卡着抽屉拉不开。但是时至今日，那些蓝色日记本仍然完好地保存在那个旧柜子里，只有三本，当时埃米尔需要用钱，想把它

们卖给主日学校的女教师。但是她不想买，埃米尔拿它们叠了纸船，放到卡特胡尔特河里顺流漂走了，从此没有人再看到它们。

主日学校的女教师不明白，她为什么要从埃米尔那里买几本日记。

"我要它们做什么？"她惊奇地说。

"为了教区的孩子们，让他们别像我那么淘气。"埃米尔说。

对对，埃米尔自己也知道，他自己是个淘气鬼，如果他忘记了，丽娜随时会提醒他，她在卡特胡尔特当过女仆。

"上主日学校你也白去，"她说，"因为谁也管不了你，反正你也进不了天堂……啊，除非你需要雷鸣闪电帮助你！"

丽娜的意思是，埃米尔走到哪儿都会惹得鸡飞狗跳、四邻不安。

"从来没见过这样的孩子。"她一边说一边把小伊达，就是埃米尔的妹妹，拉到牛场去。小伊达在那里采野草莓，丽娜这时候给卡特胡尔特奶牛挤奶。伊达把野草莓穿到草秆上，回

家时带了五大串，埃米尔从她那里骗走了两串，不管怎么说他还挺有分寸的。

你不要以为埃米尔有兴趣跟丽娜和伊达到牛场去玩，不对，他更愿意自由自在，因此他戴上帽子、拿起枪径直跑到马场，飞身骑到鲁卡斯的背上，在榛树丛掩映的路上奔驰，草根下的泥土被马踏得四处飞溅。他在玩"斯莫兰的轻骑兵发起进攻"，这个景象是他从报纸上的一幅照片中看到的，知道应该这样发动进攻。

帽子、枪和鲁卡斯——它们是埃米尔在这个世界上最珍贵的东西。鲁卡斯是他的马，对，确实是他的马，因为是他自己在维莫比集市上的一次壮举中得到的。帽子是一顶很难看的蓝色小帽子，带帽舌，是他爸爸进城时给他买的。枪是木制的，是卡特胡尔特庄园里的长工阿尔弗雷德给他削的，就是因为他非常喜欢埃米尔。不然他自己也能削一杆。如果说谁最能削木头，那就得算埃米尔，因为他经常勤奋地练习。事情是这样，埃米尔每次淘气闯祸以后，就被关在木工房里，这时候他总是

为自己削一个有趣的木头小老头儿。最后他削了369个木头老头儿，至今还保存着，只有一个被他的妈妈埋在一片红醋栗后边了，因为木头老头儿的样子很像牧师——"不可以用这样的方法表现牧师。"埃米尔的妈妈说。

好啦，你现在大体上知道了埃米尔是一个什么样的孩子。你知道，他一年到头淘气闯祸，不论是夏天还是冬天，我读过了所有的蓝色日记本，现在抽出埃米尔生活中的几天讲给你听。你会发现，埃米尔也做过一些好事。人一定要公平合理，要得出全面的结论，不能只说他淘气的一面。不是所有的淘气都一样坏，他也有过一些相当无辜的小的淘气举动。实际上，只有11月3日那天纯粹是发疯，因此我说永远不讲，我已经答应过埃米尔的妈妈，好啦。为了变换一下花样，我们挑一天，埃米尔大体上做得不错，尽管他的爸爸不这样认为。

6月12日 星期六
巴克胡瓦拍卖会，埃米尔亮出高招

6月的一个星期六，巴克胡瓦举办拍卖会，大家都想到那里去，因为他们知道，拍卖在伦纳贝亚和整个斯莫兰都是最有意思的活动。埃米尔的爸爸安东·斯文松，当然要去，阿尔弗雷德和丽娜也央求着要去，当然还有埃米尔。

如果你参加过拍卖会，你就知道人们在那儿干什么。你知道，如果有人要卖自己的一些东西，就把东西拿到拍卖会上，好让其他人过来买。巴克胡瓦的居民想卖掉他们拥有的一切东西，因为他们要移居美洲，当时有很多人这样做，他们不可能把自己厨房里的沙发、炒锅、奶牛、猪和鸡之类的东西带到那里去，因此他们在明亮的初夏举行了巴克胡瓦拍卖会。

埃米尔的爸爸想用便宜的价钱买一头奶牛和一只母猪，可能的话再买几只鸡。所以他要到巴克胡瓦去，也是因为这个原因阿尔弗雷德和丽娜被允许同去，因为他们必须帮助他把想买的这些牲畜弄回家。

"但是埃米尔去干什么？我不明白。"埃米尔的爸爸说。

"对呀，那儿可能出现打架，"丽娜说，"我们没必要非得带埃米尔去。"

丽娜知道，在伦纳贝亚和整个斯莫兰的拍卖会上经常出现打架、斗殴，所以她说得有些道理，但是埃米尔的妈妈用眼瞪着丽娜说：

"埃米尔想去参加拍卖会，他就可以去，用不着你操心。你倒是可以想想自己在大庭广众之下的言行举止！"

丽娜挨顿说不吭声了！

埃米尔戴上帽子，准备上路。

"为我买点儿东西吧，"小伊达歪着头，用恳切的口气说。

她不是特别针对谁说的，只是泛泛地一提，但是她的爸爸立即皱起了眉头。

"买呀，买，我从来没听到过别的！最近我不是还给你买过10厄尔的冰糖吗？在你1月生日的时候，你已经忘了？"

埃米尔也想要一点儿钱，因为口袋里没有分文怎么参加拍卖会呢，但是此时他打消了这个念头。现在不是向爸爸挤钱的好时刻，这一点他明白，现在不行，大家都在忙，爸爸已经坐在平时送牛奶的车上准备起程。用这个方法不行，可以用其他方法搞到钱，埃米尔想。他认真地想了一会儿说：

"你们先走吧！我骑着鲁卡斯随后就赶上！"

埃米尔的爸爸听了有些怀疑，但是他想尽快地走，所以就说：

"行，行，最好你干脆待在家里算了！"

然后他"啪"地一抽鞭子上路了。阿尔弗雷德向埃米尔挥手，丽娜向小伊达挥手，埃米尔的妈妈高声对埃米尔的爸爸说：

"多加小心，希望你们都全胳膊全腿地回来！"

她所以这样说，是因为她知道，有时候拍卖会上会出现各种野蛮情况。

牛奶车很快在路的拐弯处消失了。埃米尔站在路边的灰尘中目送着他们。现在该他忙了，他一定要搞到钱，可是怎么搞

呢，你知道吗？

如果在埃米尔小的时候，你也是斯莫兰的一个孩子，你就会知道，当时路上到处是栅栏门，特别麻烦。这是因为所有的斯莫兰的耕牛、奶牛和羊圈在不同的草场放牧，也可能是因为所有的斯莫兰的孩子都想通过给赶着马车经过这里的比较懒的农民开门挣一枚2厄尔的硬币。这些懒农民不想从车上跳下来自己开门。

在卡特胡尔特也有这样一扇门，但是埃米尔确实没有在那儿挣过很多2厄尔硬币，因为卡特胡尔特位于教区的边上，很少有人到那里办事。只有一个庄园比那里还要远，就是巴克胡瓦，正好今天那里有拍卖会。

"真够意思，每个到那里去的人都必须经过我们的大门。"埃米尔想。这小子真够精的！

埃米尔当了整整一个小时门卫，他挣了5克朗74厄尔，真没想到。马车川流不息地过。这辆车过去还没来得及关门，另一辆已经来了，所有赶车去参加拍卖会的农民都兴高采烈，

往埃米尔的帽子里投一枚 2 厄尔或 5 厄尔硬币很不在乎。几个阔佬甚至一下子给了他一枚 10 厄尔的硬币,尽管他们马上就后悔了。

但是当埃米尔在克鲁克斯托普的一位农民的母马通过前关上大门的时候,农民生气了。

"你关门干什么?"他高声说。

"我必须关上,然后才能开呀。"埃米尔解释说。

"你为什么不让这个门在这样一个日子里老开着呢?"克鲁克斯托普的农民气愤地问。

"啊,我不是神经不正常,"埃米尔说,"我现在是第一次利用这个旧门多少挣一点儿钱!"

但是克鲁克斯托普的农民冲他抽了一鞭子,一个钱毛也没有给他。

当去参加拍卖会的人都通过了埃米尔的大门,那里已经没有钱可挣时,埃米尔飞身上马,火速奔向拍卖场,裤兜儿里的硬币当当响个不停。

巴克胡瓦的拍卖会正紧张地进行着。要拍卖的东西成行地摆在庄园的院子里,就像大白天迷了路一样,人们围着拍卖品挤来挤去。拍卖师站在人群当中的一个大桶上,他已经为铁锅、咖啡杯和一辆旧纺车以及我不知道的东西拍出了好价钱。你知道吧,拍卖是这样进行的,如果有人看中了一件东西,他

把肯付的价钱报给拍卖师,但是如果这时候有人为同一件东西愿意出更高的价钱,那后者就可以把东西买走,比如厨房用的沙发或者其他竞买的东西。

当埃米尔和他的鲁卡斯进院子时,人群中一阵骚动,很多人小声说:

"卡特胡尔特那小子来了——最好赶紧回家!"

但是埃米尔积极进行交易,钱多得他晕头转向。他刚下马,就用3克朗买了一张旧铁床,后来他

死活不想要了，多亏一位农民老太太愿意出 4 克朗，埃米尔才脱手。但是他继续见什么买什么，一下子买了三件东西。第一件是褪了色的天鹅绒盒子，盖上镶着蓝色小贝壳——这可以送给小伊达；第二件是一个面包铲，这种铲子有一个长把儿，可以用它把面包送进炉子里烤；第三件是一个长满锈的灭火器，在整个伦纳贝亚也不会有一个人肯出 10 厄尔买它，埃米尔却花了 25 厄尔。

"啊，救命吧，这个我不想要了。"埃米尔想。但是时间到了，不管他想不想要，灭火器归他了。

阿尔弗雷德过来看他的灭火器，他笑起来。

"灭火器的所有者埃米尔·斯文松，"他说，"你要这么一个宝贝干什么用？"

"如果天上的雷滚下来，点燃了什么东西，就派上用场了。"埃米尔说。转瞬间雷就滚下来了，起码埃米尔一开始以为是，其实是他的爸爸揪住他的衣领子，使劲摇他，弄得他的鬈发飘来飘去。

"小坏蛋，你在干什么！"埃米尔的爸爸高喊着。

他本来在畜圈坡上安静地走着，并且看中了一头奶牛，但是这时候丽娜上气不接下气地跑来。

"东家，东家，埃米尔正在那儿，准备花好多钱买灭火器，让他买吗？"

埃米尔的爸爸当然不知道，埃米尔自己有钱。他爸爸想，埃米尔中标的东西，最后要由他付钱，因此当他一听灭火器，马上气得脸色发白、浑身打战，也就一点儿不奇怪了。

"放开我！我自己付钱。"埃米尔高声说。最后他总算向自己的父亲解释清楚了，他通过帮助赶马车的农民开卡特胡尔特的大门挣了很多钱。埃米尔的爸爸大概认为埃米尔很能干，但是他认为，乱花钱买一个灭火器就不怎么能干了。

"不过我还是不希望你乱买东西。"他严厉地说。他要求把埃米尔所有中标的东西都拿来让他过目。当他看见东西时，他用力抓住埃米尔：一个没有任何用处的旧天鹅绒盒子，一把面包铲，明明家里已经有一把很好的，统统都是瞎买乱买！最糟糕的就是那个灭火器。

"记住我说的话！人只能买绝对必要的东西。"埃米尔的爸爸说。

不管怎么样，他说得还是有些道理，但是怎样才能知道哪

些是绝对必要的呢？比如汽水，是必要还是不必要？埃米尔就认为还是必要的。埃米尔挨了爸爸一顿责备以后，闷闷不乐地向前走着，走着走着，他看见丁香花凉棚里有一个小摊儿，那里卖啤酒和汽水。一向喜欢冒险的巴克胡瓦人从维莫比酿造厂买来大箱大箱的饮料，卖给参加拍卖会饥渴的人。

埃米尔长这么大就喝过一次汽水，现在他成仙了，他突然明白了，这里有汽水，自己口袋里装满了钱，真运气，两件事赶到一起了！

埃米尔决定，要连续喝三瓶。但是随后雷又滚下来了。他的爸爸又突然出现在这里。他揪住埃米尔的衣领，使劲摇他，汽水都跑到埃米尔的鼻子里去了。

"小坏蛋，刚挣了一点儿钱，就跑到这儿喝饮料来了！"

但是这时候埃米尔真的生气了，他要把话说清楚。

"啊，我真要生气了！"他高喊着，"我没有钱的时候，不能喝汽水，我现在有钱了，也不能喝汽水，那我在什么狗屁时候才能喝汽水呢？"

埃米尔的爸爸严厉地看着埃米尔：

"你回家以后，就去蹲木工房！"

他没有再多说什么，随后消失在畜圈坡。而埃米尔站在那里，感到很羞愧。他知道，他刚才有点儿厉害了。不应该顶撞爸爸，最不应该说的是"狗屁"，因为这个词近乎一句骂人的

话，在卡特胡尔特庄园不准说骂人的话。埃米尔的爸爸是教区的执事，什么都知道。埃米尔就羞愧了几分钟，然后又买了一瓶汽水，送给阿尔弗雷德，他们一起坐在巴克胡瓦庄园的木柴屋墙根下聊天。阿尔弗雷德喝着汽水，他说，他有生以来从来没喝过这么好喝的东西。

"你看见丽娜了吗？"埃米尔问。

这时候阿尔弗雷德指给埃米尔丽娜所在的地方。她坐在青草地上，背靠着围栏，旁边坐着克鲁克斯托普来的那位农民，就是冲着埃米尔抽一鞭子的那个人。看得出，丽娜已经忘记家里的警告，因为她又像平时那样与男人打情骂俏。也看得出，那位农民喜欢丽娜的轻浮。埃米尔看到以后，非常高兴。

"你想想，阿尔弗雷德，如果我们能把丽娜嫁给那位克鲁克斯托普农民该多好，"他满怀希望地说，"这样你就可以把她甩掉了！"

事情是这样的：丽娜选定阿尔弗雷德作为自己的未婚夫，她还想跟他结婚，但是阿尔弗雷德百般推托。阿尔弗雷德和埃米尔长期考虑的一个问题是，他们怎样让阿尔弗雷德摆脱掉丽娜，现在他俩精神为之一振，你想想，他们可以让那位克鲁克斯托普农民把丽娜带走！他当然有点儿老，差不多有50岁，还是大秃头，但是他有一个庄园，丽娜也可以尝一尝在克鲁克斯托普当小主妇的滋味。

"我们注意,别让人过去打扰他们。"埃米尔说。

他知道了,丽娜打情骂俏正起劲儿,那位克鲁克斯托普农民将失去理智,一定会上钩。

大家在畜圈坡开始卖牲畜,阿尔弗雷德和埃米尔到那边去看。

埃米尔的爸爸中标一头很快就要下崽的母猪,但是对奶牛竞争得很厉害。巴斯特法尔来的一位农民想把7头奶牛都买下,埃米尔的爸爸为了买下他挑中的一头只得出80克朗的高价。当他付出这个可怕的价钱时,暗暗叹息,然后他就没钱买鸡了。巴斯特法尔那位农民也竞标鸡,只有一只母鸡他不想要。

"我要一只瘸母鸡有什么用?"他说,"你们可以把它打死。"

巴斯特法尔来的农民想要打死的那只母鸡摔坏了一只腿,长好以后就有点儿怪。因此这只可怜的母鸡走起路来就一瘸一拐的。但是在埃米尔身边站着一个巴克胡瓦的小孩,他对埃米尔说:

"不想要瘸洛塔的老头儿真愚蠢。它是我们这儿下蛋最多的母鸡,知道吧!"

这时候埃米尔高声说:

"我出25厄尔买瘸洛塔!"

大家都笑了。当然不包括埃米尔的爸爸。他跳过来,一把抓住埃米尔的衣领。

"小坏蛋,你一天还要瞎买多少次东西?非得罚你双倍蹲木工房不可!"

但是话说了就得算数。埃米尔说25厄尔就得坚持。瘸洛塔成了他的母鸡,不管他爸爸有什么看法。

"我现在总算有了两个属于我的动物,"他对阿尔弗雷德说,"一匹马和一只母鸡!"

"对,一匹马,一只瘸腿母鸡。"阿尔弗雷德一边说一边笑,还是像他平时那样友善。

埃米尔将瘸洛塔放在箱子里,他把它和其他宝贝放进木柴屋里。有灭火器、面包铲、天鹅绒盒子,他的马鲁卡斯也拴在那里。埃米尔看着自己的财产,感到相当满意。

但是在此期间丽娜和那位克鲁克斯托普农民怎么样了？埃米尔和阿尔弗雷德转过去，想看个究竟。他们满意地发现，丽娜还真能干。那位克鲁克斯托普农民搂着她的腰，丽娜由着性卖弄风骚，还不时地推一推那位克鲁克斯托普农民，弄得他倒向围栏。

"他大概很喜欢这样，"埃米尔说，"只是不要手太重！"

埃米尔和阿尔弗雷德对丽娜的举动心里很满意。但是有另外一个人不满意，他就是布·伯尔顿。

他是整个伦纳贝亚最有名的打架大王和酒鬼。发生在拍卖会上野蛮的斗殴事件大都是他首先动手引起的。你要知道，在那个时代一个长工没有星期天，一年到头劳动，也没有什么娱乐，像这类拍卖会对他们来说就是很开心的事，这时候他们特别想打架。除此以外他们不知道还有什么其他办法可以排遣心中突然成倍增加的野性，特别是喝了几杯烧酒以后。对，因为很遗憾，不是所有的人喝点儿汽水就行了。至少布·伯尔顿不行。

这时候他走过来，看见丽娜坐在那里跟那个克鲁克斯托普农民打情骂俏，伯尔顿开口说：

"你不害羞吗，丽娜？你跟这么一个老秃驴干什么？他对你来说太老了，这一点你不明白吗？"

就这样斗殴开始了。

埃米尔和阿尔弗雷德站在那里,看着那位克鲁克斯托普农民怎样发怒,怎样放下丽娜,啊,这下子坏了,布·伯尔顿的到来,可能把阿尔弗雷德和埃米尔想的好事全破坏了!

"不,请坐下,不管怎么说先坐下,"埃米尔不安地对那位克鲁克斯托普农民说,"让我对付伯尔顿!"

他抄起铲子,朝伯尔顿的屁股狠狠打去。不过他本来不应该这样做,因为这个时候伯尔顿正好转过身来,一把抓住了埃米尔。他气得眼睛都斜了,埃米尔悬在他强有力的手掌里,觉得自己的末日到了。但是这时候阿尔弗雷德大喊一声:

"别动那孩子,不然你就得缺胳膊短腿回家,我说话算数!"

阿尔弗雷德,他也很强壮,打架也有两下子,没过两秒钟他就和伯尔顿扭打起来。那场面跟大家预料的差不多。

"咱们还不动手等什么?"绝大多数长工都这么想,这时

候他们从四面八方会聚过来，加入打架的行列。

这时丽娜大叫起来。

"都是我引起的，"她高声说，"啊，成了一出悲剧！"

"只要我有面包铲子，这里就不会有什么悲剧。"埃米尔安慰她说。

所有的长工都扭打在一起，就像一堆龙虾互相抓着。他们撕呀，扯呀，叫呀，咬呀，捶呀，打呀，骂呀，喊呀，阿尔弗雷德与伯尔顿、那位克鲁克斯托普农民和其他几个人躺在最底下。

埃米尔担心他们会把他的阿尔弗雷德压碎了，所以他用铲子在长工堆里扒拉来扒拉去，想把他扒拉出来，就像玩挑木棍游戏一样。但是做不到，不管埃米尔站在什么地方，都会有一只愤怒的拳头伸过来，试图把他拉倒，让他卷入殴打之中。

埃米尔不想卷进去。因此他飞身上马,骑着鲁卡斯在厮打的人群周围奔跑。他高举一把铲子,头发在空中飞扬,俨然是一名手持长矛在乱战中拼杀的骑士。

埃米尔骑着马,向四周挥舞着铲子,他骑在马上抡起来更方便一些,他确实把扭在一起的人群中最上边一层的长工扒拉出来,但是又有新人不断加入,不管埃米尔怎么样用铲子扒拉,也没能把阿尔弗雷德扒拉出来。

拍卖会上所有的妇女和孩子都吓得乱哭乱叫,埃米尔的爸爸和其他没有参与打斗的有理智的长工站在那里,无奈地说:

"喂,你们别打了,小伙子们!还有很多次拍卖会,你们留着点儿劲下次用吧。"

但是那些长工打得很起劲儿,根本没有听见,他们只知道打呀,打呀,打呀!

埃米尔扔掉手里的铲子。

"喂,丽娜,你帮把手,别老站在那儿叫,"他说,"你想想,压在最底下的是你的未婚夫!"

我说过了,埃米尔特别足智多谋,你猜一猜他要干什么?灭火器他有,水井里有水。他让丽娜压泵,他自己拿着喷嘴儿,把水一个劲儿地往人群里喷。

当第一股强有力的凉水喷进扭打着的人群时,那里一下子静了下来。不管你相信还是不相信,埃米尔只喷了几分钟,斗

殴就停止了。鼻青脸肿的长工一个接着一个地从人堆里慢慢站起来。

你一定要记住,如果你碰上有人打架,你想制止他们……凉水比铲子管用,千万别忘记这一点。

长工们一点儿也没生埃米尔的气。这时候他们心中的野性已经消失了,大概也认为这次斗殴到此结束为好。

"顺便说一句,下周克纳斯胡尔特有拍卖会。"那个叫布·伯尔顿的长工说,随后他往鼻子里塞了一点儿苔藓,堵住鼻血。

这时候埃米尔走到来自克纳斯胡尔特的一位农民身边,他也站在那里看斗殴,埃米尔以50厄尔的价钱把灭火器卖给了他。

"这下子赚了25厄尔。"埃米尔对阿尔弗雷德说,这时候

阿尔弗雷德开始意识到,埃米尔长大以后,很可能成为一名大商人。

拍卖会结束了,大家带着自己买的东西回家。埃米尔的爸爸也想带着自己买的奶牛和猪回家了。母猪装在牛奶车上,瘸洛塔也跟着坐车,它趴在一个箱子里,埃米尔的爸爸生气地看着它。他们的意思是,让奶牛慢慢地跟在车后边自己走。但是没有人问过罗拉,它是否想这样做!

你可能听说过公牛发脾气,但是你知道母牛发疯的事吗?如果你不知道,我可以讲给你听。如果一头母牛真的发起疯来,就连最厉害的公牛也会吓得腿发软,四处躲藏。这头叫罗拉的母牛一生都是最听话、最温顺的家畜,你想象不出有多么好。但是当阿尔弗雷德和丽娜把它拉到路上,准备把它带回卡

特胡尔特时,它一下子挣脱缰绳,大吼一声,把所有拍卖会的人都吓了一大跳。很可能是因为它看见了长工们打架斗殴的场面,以为参加拍卖会都得打闹,所以它也想露一手!它乱踢乱撞,疯狂而野蛮,谁要是接近它肯定有生命危险。先是阿尔弗雷德,后来是埃米尔的爸爸,他们都试过,但是罗拉瞪着疯狂的大眼睛,低着犄角、高声吼叫着追赶他们,阿尔弗雷德和埃米尔的爸爸像狐狸一样奔跑逃命。也有很多人想帮忙,但是罗拉不容忍任何农民来畜圈坡,它把所有的人都从那里赶跑了。

"真富有戏剧性。"当丽娜看见来自巴克胡瓦、克鲁克斯托普、巴斯特法尔、克纳斯胡尔特和伯尔顿的农民都在罗拉的追赶下望风而逃的时候说。

最后埃米尔的爸爸也疯了,他高声说:

"为这头畜生母牛我已经付了80克朗,不过请拿一支枪来,我要把它打死!"

他说的时候浑身发抖,但是一头疯牛能有什么好处,这一点他知道,大家也都知道,所以巴克胡瓦那个农民取来一支上了子弹的枪,递到埃米尔的爸爸手里。

"最好是你亲自动手吧。"他说。

但是这时候埃米尔高声喊叫起来:

"等一下!"

我说过了,他是一个足智多谋的孩子。这时候他走到爸爸

身边，这样说：

"与其你要开枪把它打死，不如把它给我吧！"

"你要一头疯牛干什么？"埃米尔的爸爸问，"用它去猎狮子，对吧？"

但是埃米尔的爸爸知道得很清楚，埃米尔是与动物打交道的行家里手，因此他说，如果埃米尔能把罗拉弄回卡特胡尔特庄园，这头奶牛就永远归埃米尔所有，不管它疯还是不疯。

这时候埃米尔走到那个巴斯特法尔农民身边，那个人买了其余6头奶牛，埃米尔说：

"如果我把你的奶牛赶到卡特胡尔特庄园那么远的地方，你付我多少钱？"

巴斯特法尔位于很远的地方，在教区的另一边，那位巴斯特法尔农民知道，把6头奶牛赶到那里去可是个麻烦事，所以他马上从口袋里掏出25厄尔。

"成交了，"他说，"这钱归你！"

你猜一猜，后来埃米尔做了什么？啊，后来他横穿畜圈坡，经过罗拉身边，走进牛圈，把拴在那里的奶牛都放开。当放开的奶牛来到罗拉身边时，它立即安静下来，不再吼叫，头低着，好像为自己刚才的举动感到害羞……不过一头可怜的母牛被迫离开自己的圈，被迫要与朝夕相处的其他母牛分开时，能不做出激烈的反应吗？所以它又生气又伤心，但是只有埃米

尔一个人明白这一点。

这时候罗拉和其他的牛一起慢慢向前走,要多温顺有多温顺,所有参加拍卖会的人都笑起来,并且说:

"卡特胡尔特庄园里来的那小子还真够聪明的!"

阿尔弗雷德也笑了。

"大牧主埃米尔·斯文松,"他说,"你现在有了一匹马、一只瘸腿母鸡、一头疯牛,还想要别的吗?"

"想要,以后我会有更多的动物。"埃米尔平静地说。

埃米尔的妈妈站在卡特胡尔特庄园厨房的窗子旁边,看着自家的人从拍卖市场回来,当她看见外面大路上浩浩荡荡的队伍时,她的眼睛睁得很大很大。前面是送牛奶的车,上面坐着埃米尔的爸爸、阿尔弗雷德、丽娜、母猪,还有刚刚下了一个蛋高兴地叫着的瘸洛塔,接着是一连串7头奶牛,最后是骑在鲁卡斯背上的埃米尔,他用铲子维持秩序,不让一头奶牛离队走散。

埃米尔的妈妈赶忙出去,后边紧跟着伊达。

"7头奶牛,"她高声对埃米尔的爸爸喊着,"是谁疯了,是你还是我?"

"啊,那些牛……"埃米尔的爸爸用地道的斯莫兰方言嘟囔着。但是不需要过多的嘟囔,埃米尔的妈妈最后知道了事情的原委。这时候她亲切地看着埃米尔。

"上帝保佑你,埃米尔!不过,天啊,你怎么会知道我刚才往炉子里放长面包时把烤面包用的铲子弄断了?"

然后她又喊叫起来,因为这时候她发现阿尔弗雷德的鼻子比平时大了一倍。

"我的天啊,你的鼻子在什么地方弄成这个样子?"埃米尔的妈妈问。

"在巴克胡瓦拍卖会上,"阿尔弗雷德说,"下周六改在克纳斯胡尔特举行。"

丽娜沉着脸,从送牛奶的车上下来。现在她也不再打情骂俏。

"你怎么这副样子?"埃米尔的妈妈说,"有什么地方不舒服?"

"牙痛。"丽娜简单地说。克鲁克斯托普那位农民不断地给她糖吃,所以她那颗破槽牙痛起来,痛得脑袋都要炸了。

但是不管牙痛不牙痛,她都得立即到牛棚去给庄园里的奶

牛挤奶，因为挤奶的时间早过了。

罗拉和其他中标的奶牛也早过了挤奶的时间，它们高声叫着，好像在提醒人们。

"啊，我没办法，那位巴斯特法尔农民不在这里，无法给自己的老奶牛挤奶。"埃米尔说。随后他自己动手挤奶，先给罗拉挤，然后给其他6头挤，他一共挤了30升牛奶，他妈妈把奶放在地下室，后来做成了奶酪。一大块干奶酪着实让埃米尔高兴了很长时间。

癞洛塔在回家的路上下的那个蛋，很快就被煮熟了，埃米尔把它放在厨房的桌子上，他的爸爸撅着嘴坐在那里等着吃晚饭。

"这是癞洛塔下的。"埃米尔说。

然后他又给爸爸倒了一杯新挤的牛奶。

"这是罗拉的奶。"他说。

他的爸爸默默地吃了鸡蛋、喝了牛奶，这时候他的妈妈正用那把铲子把长面包送进炉子里。丽娜把一个滚烫的土豆放在那颗痛的牙齿上，这时候那颗牙变得7倍的痛，跟她预想的一样。

"对，让你尝一尝，"丽娜对那颗牙说，"如果你不仁，那我也就不义了。"

阿尔弗雷德笑了起来。

"那位克鲁克斯托普农民真舍得给你买糖吃,"他说,"你一定要跟他结婚,丽娜!"这时候丽娜笑了。

"那个老东西!他50岁,我才25岁!你真的相信我会要一个比我自己大一倍的人?"

"那有什么关系,"埃米尔急切地说,"那没有什么不好的!"

"当然有,你听着,"丽娜说,"现在还行,但是你想想,当我50岁的时候,他就75岁了,伺候他会有多麻烦!"

"你有理智的时候,还是很精明的,丽娜。"埃米尔的妈妈一边说一边把最后一个长面包放进烤炉,然后关上盖儿。"这把烤面包用的铲子真好用。"她说。

埃米尔的爸爸吃完鸡蛋、喝完牛奶以后,埃米尔说:

"好啦,该去蹲木工房啦!"

埃米尔的爸爸嘟囔了几句什么,意思是说这一天埃米尔没做什么淘气的事,总而言之不用去蹲木工房,但是这时候埃米尔说:

"没关系,说了就算数!"

他心甘情愿地走向木工房,坐在那里开始削第129个木头老头儿。

此时此刻痢洛塔已经在鸡窝里上架,罗拉和卡特胡尔特庄园里其他奶牛一起满意地走在牧场上。后来巴斯特法尔那位农

民也来取自己的 6 头奶牛,他和埃米尔的爸爸谈了很长时间关于拍卖会和那里发生的其他事情。但是那位巴斯特法尔农民一走,他赶紧回到木工房。

当他快到的时候,他看到小伊达悬空坐在木工房窗子外边的凳子上。她手里拿着那个盖上镶着贝壳的天鹅绒盒子,她把它当作一生中得到的最珍贵的礼物,也确实是这样。但是埃米尔的爸爸嘟囔说:

"瞎买东西!一个旧天鹅绒盒子!"

小伊达没有发现爸爸来了,所以她没有住嘴,而是继续一

五一十地学着埃米尔从漆黑的木工房里教给她的话。埃米尔的爸爸听了以后,脸色气得煞白,他可是教堂执事,在卡特胡尔特庄园从来没有人说过这样粗鲁的话,更糟糕的是小伊达用那么稚嫩的声音说着这些话。

"住嘴,伊达!"埃米尔的爸爸吼叫着。然后他把手从窗口伸进去,抓住埃米尔的领子。

"小坏蛋,你坐在那儿,教你妹妹说脏话吗?"

"我当然没有,"埃米尔说,"我只是告诉她,任何时候都不能说'狗屁',我还教她一大堆不能说的其他词,她也必须注意,就像注意自己的眼睛一样。"

好啦,现在你知道了,埃米尔6月12日这一天所做的事情,尽管不是所有的事情都好,但是必须承认,他在这一天做了几笔非常精明的买卖,你想想他一下子买了那么多好东西:一头产奶多的母牛,一只爱下蛋的母鸡,一把好用的面包铲,此外从别人家的牛身上挤的奶足够做一大块好吃的干奶酪。

他爸爸唯一可以指责的是那个天鹅绒盒,说它没什么用处,但是小伊达非常喜欢它。她把自己的顶针、剪子都放在里边,还有主日学校送给她的小型圣歌集、一块漂亮的蓝玻璃和红发卡。当她第一次打开盒子时,发现里边有一沓旧信,她立即把它们拿出来,扔在地板上。埃米尔这时候已经从木工房放出来,星期六晚上走进厨房的时候,看到这沓信堆在一个角落

里便拾起来。阿尔弗雷德手持一把苍蝇拍在拼命打苍蝇,这样星期天在厨房里就没有苍蝇了,埃米尔把信给他看。

"什么东西都有用,"埃米尔说,"如果什么时候我需要给谁寄信的话,我这里有一大摞已经写好了的。"

最上面一封是来自美国的,埃米尔一看见它,就吹起了口哨。

"看呀,阿尔弗雷德,你看,这里有一封雅德里安写来的信!"

雅德里安是巴克胡瓦的长子,很久以前去了美国,后来只给家里写过一封信——整个伦纳贝亚都知道,大家都对雅德里安的做法感到气愤,也非常同情他可怜的父母。但是他在唯一的一封信里写的是什么内容,没有人知道,巴克胡瓦庄园的人也保持沉默。

"不过现在大概可以了解这封信的内容了。"埃米尔说。他是个非常能干的男孩,自学成才,印刷体和手写体他都能看懂。

他打开信,高声念给阿尔弗雷德听,他很快念完了,因为信很短。上面写着:

"我看到一只熊,寄给你们地址。这回就拜拜啦。"

"我想这封信没有什么用处。"埃米尔说。

不过他等着瞧吧!

夜晚来临了。6月12日星期六,这一天快结束了,夜幕笼罩在卡特胡尔特上空,带给所有住在那里的人平静、安宁,人和动物都是如此。只有丽娜例外,她牙痛。她躺在厨房的沙发上,痛得磕头撞脑地睡不着,6月的夜晚很短,很快就天亮了,新的一天到来了。

埃米尔生命中新的一天也到来了!

6月13日 星期日
埃米尔为拔掉丽娜那颗槽牙三次大胆尝试，并把小伊达的脸涂成深蓝色

不管是星期天还是平日，奶牛都要挤奶。早上五点钟，厨房里的闹钟响了，丽娜刚从床上爬起来，马上由于牙痛又倒下了。她往柜子上的镜子看了一眼，立即尖叫起来，天啊，她怎么成了这个样子！右腮帮子肿得像一块发面团，哎呀，真可怕！丽娜哭起来了。

她确实让人觉得可怜，因为恰好这一天全教区的人都要来卡特胡尔特参加礼拜咖啡宴。

"我的两边腮帮子看起来不一样，我不能在众人面前露面。"丽娜一边嘟囔，一边哭着去挤牛奶。

不过两边腮帮子不一样没让她伤心太久，因为正当她坐在板凳上挤奶的时候，飞来一只马蜂，在她的左腮帮子上蜇了一下。你以为这下子她该满意了，因为她左腮帮子也肿起来了，跟右边的完全一样，啊，现在她如愿以偿了，两边全一样，但是她哭得比刚才更厉害了。

当她走进厨房的时候大家正坐在桌子周围吃早餐,我可以告诉你,当他们看见那个臃肿、眼睛哭得红红的人突然出现在门口时,都把眼睛睁得圆圆的,不敢相信是丽娜。可怜的人,她那个样子,确实会让人伤心落泪,而埃米尔却笑起来,真不友好。丽娜进来那一瞬间,他的嘴正对着杯子要喝牛奶,当他从玻璃杯边上看见她时,扑哧笑了,牛奶喷得满桌子都是,还溅到了他爸爸漂亮的做礼拜时穿的马甲上。连阿尔弗雷德也忍不住小声笑了一下,啊,丽娜确实可怜!埃米尔的妈妈严厉地看着埃米尔和阿尔弗雷德,并说这有什么值得笑的,在她擦干净埃米尔爸爸衣服上的牛奶时,又看了一下丽娜,看来她明白了,为什么埃米尔笑成那个样子。她当然很同情丽娜。

"可怜的孩子,"她说,"你的样子很怪,不要在众人面

前露面了。埃米尔,你快跑到克吕莎－玛娅家,请她过来帮我们煮咖啡!"

星期天做礼拜喝咖啡是伦纳贝亚人特别喜欢的一件事,庄园里欢声笑语。邀请信是埃米尔的妈妈写的,内容是:

尊敬的女士们、先生们,敬请星期日来敝舍参加礼拜咖啡宴。顺致友好祝愿!

阿尔玛和安东·斯文松

于伦纳贝亚,卡特胡尔特

现在是做礼拜的时间。埃米尔的妈妈和爸爸上路了,他们先要到教堂做礼拜,然后才谈得上喝咖啡的事。

埃米尔很听话,他去给克吕莎－玛娅送信。这是一个美丽的早晨,他走在通往克吕莎－玛娅家的小路上,满意地吹着口哨,她住在森林中的一个小长工屋里。

如果你在一个6月的星期天清晨到过斯莫兰的森林里,你马上就会想起来那是什么样子。你会听到杜鹃在叫,画眉鸟儿在唱,你会感到光脚丫下布满松树针和杉树针的小路多么光滑,太阳暖暖地照在脖子上有多么舒服。你走在那里,闻着松塔发出的幽香,看着林间草地上野草莓花怒放。埃米尔跟你的感觉完全一样,所以他走得不慌不忙,但是最后他还是来到了

克吕莎-玛娅的住地,一个很小、很破的灰色小房子,在杉树林里很不显眼。

克吕莎-玛娅坐在屋里正看《斯莫兰报》,上面的消息让她又惊又喜。

"伤寒已经传到延雪平。"她还没来得及向埃米尔问好就先说了这句话。她把报纸递给埃米尔,让他自己读。非常正确,报纸上写着,两个延雪平人已经患上严重伤寒,克吕莎-玛娅满意地点了点头。

"伤寒,那是一种非常可怕的病,"她说,"很快我们伦纳贝亚也会有,相信我吧!"

"它会像蒲公英的种子一样飞过整个斯莫兰,你站在这儿就会受到伤害,"克吕莎-玛娅说,"成公斤的伤寒种子,上帝救救那个伤寒种子要在他身上扎根发芽的人!"

"到底是什么样子,跟瘟疫差不多吧?"埃米尔问。克吕莎-玛娅讲过瘟疫,她知道各种疾病和传染病,而瘟疫是特别可怕的病。她曾经说过,很久以前这种病几乎夺去斯莫兰所有

人的生命，你想想，跟它一样可怕！

克吕莎－玛娅想了一下。

"对，它跟瘟疫差不多，"她满意地说，"我知道得不是很详细，但是我记得，得这种病的人脸先变蓝，然后就死掉。啊，这种伤寒，真是一种可怕的病，哎呀，哎呀，哎呀！"

后来她得知丽娜牙痛，正要举行礼拜咖啡宴时她的双腮又肿起来，真是灾难。她答应抓紧时间，尽快去卡特胡尔特庄园。

埃米尔回家了，他找到坐在台阶上的丽娜，牙痛得她死去活来，坐在旁边的阿尔弗雷德和小伊达束手无策。

"你还是去找斯麦－佩勒吧。"阿尔弗雷德说。

斯麦－佩勒是伦纳贝亚的一位铁匠，伦纳贝亚居民牙痛，都请他用大铁钳子拔牙。

"拔掉一颗牙他收多少钱？"丽娜一边哭泣一边问。

"每小时50厄尔。"阿尔弗雷德说，丽娜听了吓了一跳，拔一颗牙要花那么多钱，还要花那么长时间。

但是埃米尔的脑筋转得快，他说：

"我相信我能拔掉那颗牙，比他又便宜又快。我知道一个方法。"

然后他就向丽娜、阿尔弗雷德和小伊达解释他的方法。

"我只需要两样东西：鲁卡斯和一根长而结实的线绳。我

用线绳绑住你的牙齿,然后把绳拴在我屁股后边的腰带上,然后我骑上鲁卡斯使劲奔跑——噗噜噜,牙就拔下来了!"

"噗噜噜,好,多谢啦,"丽娜生气地说,"还是别让马拉着我使劲跑!"

但是这时候那颗牙比刚才痛得更厉害,这促使丽娜想别的办法。

她深深地叹了口气。

"我们还是试一试吧,上帝怜悯我这个可怜人。"她说完就去找线绳。

这时候埃米尔真照他说的去做了。他把鲁卡斯牵到厨房台阶前,线绳准备好以后,他就骑到马上。可怜的丽娜战战兢兢的,她被绳子绑住牙,站在马尾巴后边。小伊达吓得直哆嗦,但是阿尔弗雷德满意地说:

"现在我们就等着噗噜噜啦!"

这时候埃米尔骑马奔跑起来。

"哎呀,很快就好了。"小伊达说。

但是并没有好。因为丽娜也跟着一块儿跑。只有当那根线绳绷得足够紧的时候,那颗牙才会噗噜噜地掉下来,但是丽娜怕得要死,因此在万分惊恐中她跟鲁卡斯跑得一样快。埃米尔高声告诉她别动,但是无济于事,丽娜照样跑,线绳很松,当然不会出现噗噜噜。

埃米尔的本意是想帮助丽娜拔掉那颗牙齿，所以他迅速朝最近的一道围栏奔去，鲁卡斯一跃而过。但是跟在后边的丽娜吓得丢了魂，她也跃过了那道围栏。小伊达站在那里目睹了她永远无法忘掉的景象。她一辈子都会记得，两腮红红、双眼惊恐、嘴里叼着一根线绳的丽娜越过围栏，并高声呼喊：

"停下！停下！我不想什么噗噜噜！"

事后丽娜为自己把事情办砸了而感到羞愧，但为时已晚了。这时候她坐在厨房的台阶上牙又痛了起来，她的样子很消沉，但是埃米尔不气馁。

"我又想出另一个办法。"他说。

"好，但是速度可别太快，"丽娜恳求说，"那颗坏蛋牙不能噗噜噜一下子就拔下来，你可以悠着点儿劲拔它！"

埃米尔想了一会儿以后明白了，他应该怎么做。

丽娜坐在一棵大梨树旁边的地上，阿尔弗雷德和伊达好奇地看着，埃米尔用一根很结实的绳子把她牢牢地绑在树干上。

"这回你可跑不动了。"他说，随后他拿住一根从丽娜嘴里奔拉下来的线绳，把它接到阿尔弗雷德经常磨镰刀、埃米尔的爸爸磨斧子和刀的磨刀石上。埃米尔把线绳缠到磨刀石的曲柄上，万事俱备，就等着开始。

"现在不像刚才那样快地噗噜噜，只是吱吱吱地响，就是你想要的悠着劲儿。"埃米尔说。

小伊达吓得直打战，丽娜哎呀哎呀地呻吟着，埃米尔开始绞砂轮。线绳开始拖在地上，然后逐渐缩短绷紧，绳子越绷紧，丽娜越害怕，但是跑她是不可能的。

"现在吱吱吱地快了。"小伊达说。

这时候丽娜高声喊:

"停住!我不想拔了!"

她迅速从衣兜里掏出一把小剪刀,把线绳剪断了。

事后她不好意思了,也很伤心,因为她还是想拔掉那颗牙。这一切确实出乎意料之外。埃米尔、阿尔弗雷德和小伊达都很不满意,埃米尔说:

"带着你的老牙那边待着吧!我反正已经尽了力!"

但是这时候丽娜求埃米尔再来最后一次,只要她有一口气,就再也不做新的蠢事了。

"因为现在无论如何要把那颗牙拔掉,我豁出去了,"丽娜说,"拿点儿线绳来!"

埃米尔同意再试一次,阿尔弗雷德和伊达听了也赞成。

"我还是认为,快是最好的办法,"埃米尔说,"但前提

是,你不能先打退堂鼓,尽管你害怕。"

埃米尔的鬼主意多,他马上又想出了新的办法。

"我们把你放到畜圈的房顶上,你跳到附近的草垛上,你在半空中的时候,牙就掉了——噗噜噜!"

"噗噜噜,"小伊达一边说一边打战。但是不管丽娜刚才怎么保证,现在她死活不上房顶。

"你想出的办法总是那么可怕,埃米尔。"她说,并且赖在厨房的台阶上不走。

但是那颗牙痛得要命,最后她总算站起来,深深地叹了口气。

"那我们再试一试吧,尽管我可能去见阎王爷。"

阿尔弗雷德很快搬来一把梯子，立在畜圈的山墙旁，埃米尔爬上去。他手里牢牢地抓着线绳，像拉着一只狗一样拉着身后的丽娜，她顺从地跟在后边爬，尽管还在抱怨。

埃米尔随身带了一把锤子和一颗六英寸长的大钉子，他刚一把钉子钉在房脊上，就用线绳拴住丽娜的那颗牙，一切都准备好了。

可怜的丽娜，她骑在屋脊上，直愣愣地往下看着地面，伤心地抱怨着。在地面上，阿尔弗雷德和小伊达脸朝天对着她，啊，现在他们等着看她像彗星一样从天而降，最后落在草垛上……丽娜的恐惧大大超过了抱怨。

"我不敢跳，一点儿也不假，我不敢！"

"好吧，如果你想留着你的那颗老牙的话，我无所谓。"埃米尔说。

这时候丽娜一声号叫,整个伦纳贝亚都能听到,她双腿颤抖地站起来,走到屋脊的顶端。她像一棵松树在空中晃来晃去,小伊达捂住眼睛,不敢看她。

"我的妈呀,"丽娜哭泣着,"我的妈呀!"

从畜圈屋顶往下跳确实很可怕,即使嘴里没有一颗牙齿也不行。她现在知道,在往下跳的时候还会出现可怕的噗噜噜,这几乎是一个常人不能忍受的。

"跳呀,丽娜,"阿尔弗雷德喊着,"跳呀,知道吗!"丽娜一边抱怨,一边又闭上了眼睛。

"我帮你一把。"埃米尔说,他总是那么友善。只需要他在她后背用食指推一下就行了,他只轻轻地一推,丽娜一声尖叫从屋顶掉下去。大家确实听到一小声噗噜噜,但那是六英寸的钉子从屋脊上脱落下来。

丽娜躺在草垛上,那颗病牙完好无损,线绳的另一端是那颗钉子。

这时候轮到她跟埃米尔发脾气了。

"你就会淘气、捣蛋,拔牙这类事,你的手可太潮了!"

不过丽娜生气也是好事,因为一气之下她就去了斯麦-佩勒那里。他用结实的大钳子夹住那颗病牙,噗噜噜一声就拔掉了,丽娜愤怒地把那颗牙扔进佩勒的垃圾堆里。

你可别以为埃米尔这下子可闲着没事做了。阿尔弗雷德躺在梨树下的草地上睡觉,眼下他没什么好做的。埃米尔走进小伊达的卧室,他想跟她玩一会儿,顺便等爸爸、妈妈从教堂回家和举行礼拜咖啡宴。

"我们可以做个游戏,我当马利安娜隆德的医生,"埃米尔说,"你当我要治疗的一个生病的小孩子。"

小伊达很快就同意了。她脱掉衣服,躺在床上,埃米尔查

看她的喉咙,听她的心脏,跟马利安娜隆德的医生看病时的样子完全一样。

"我得了什么病?"伊达问。

埃米尔思考了一下,他突然知道了。

"你得了伤寒,"他说,"这是一种很可怕的病。"

这时候他想起了克吕莎-玛娅说的话——得了伤寒以后,病人满脸变蓝。埃米尔办这类事特别能干,他朝四周看了看,想找点儿什么东西来解决这位病人脸上的颜色问题。远处的桌子上放着他妈妈的墨水瓶,她用里边的墨水在日记本上记录下埃米尔淘气的事,写举行礼拜咖啡宴的请帖。请帖的草稿还放在桌子上。埃米尔读了其中的"顺致友好的祝愿",他特别羡慕自己的妈妈,她真能干,写得那么优雅。哪儿像那个雅得里安,费了半天劲就挤出一句他看到"一只熊"。

现在他的妈妈已经不再需要那张草稿了,所以埃米尔把那张纸揉成一

个小纸团,放进墨水瓶里。纸吸足了墨水以后,他拿出来,手捏着纸团走近伊达。

"现在,伊达,你等着瞧伤寒吧。"他说,伊达高兴地笑了。

"请你闭上眼睛,免得墨水弄到里边去。"埃米尔说,他把小伊达的整个脸都涂成美丽的蓝色,他考虑得还挺周到,靠近眼睛的地方没涂,保留两只又大又白的眼眶。伊达蓝色的脸中间两个白色的窟窿使伊达有了可怕的病态,连埃米尔都害怕了,小伊达很像牧师家里那本《动物世界》插图里的一个小妖猴。

"好啦,"埃米尔说,"克吕莎－玛娅说得对,伤寒是一

种很可怕的病!"

正在这个时候,克吕莎－玛娅从森林里摇摇晃晃地走来,在庄园门口她遇到刚从铁匠斯麦－佩勒那里看完牙回来的丽娜。

"怎么样?"克吕莎－玛娅饶有兴趣地问,"牙还痛吗?"

"我不知道。"丽娜说。

"你不知道?这是什么意思!"

"是这样,它躺在斯麦－佩勒的垃圾堆里,那个坏东西!但是我希望,它躺在那里,痛得乱哭乱叫。"

丽娜很高兴,两腮也不像原来那么肿了。她走过去,为了让躺在梨树下的阿尔弗雷德看拔掉牙后留下的牙槽。克吕莎－玛娅继续往厨房走,开始准备咖啡。她听见孩子在卧室里,就过来问候一下她特别喜欢的小伊达。

但是当她看见自己喜欢的小宝贝儿躺在床上,蓝色的脸与白嫩的皮肤形成鲜明对比的时候,她突然惊叫起来:

"哎呀,我的天呀……"

"这是伤寒。"埃米尔带着一丝微笑说。

在同一瞬间,路上传来车轮的响声。去教堂的人回来了,埃米尔的妈妈和爸

爸,还有以教长为首的客人们。大家在畜圈前下了车,径直地朝主人的大厅走去。他们口干舌燥,早想喝咖啡了。只见克吕莎-玛娅站在台阶上,用可怕的声音高喊着:

"别过来!别过来!我们庄园里有伤寒!"

大家一下子止住脚步,惊慌地站在那里,埃米尔的妈妈说:

"你在瞎说什么,谁得伤寒了?"

这时候小伊达突然出现在门口,她站在克吕莎-玛娅的身后,蓝色的脸上有两个白窟窿,身着白衬衣。

"是我。"小伊达一边说一边开心地笑了。

大家都笑了起来，只有埃米尔的爸爸没有笑。他只是提高大嗓门儿问：

"埃米尔在哪儿？"

但是埃米尔不见了。他在整个客人喝咖啡期间没露面儿。

喝完咖啡以后，教长进厨房去安慰一下坐在那里的克吕莎－玛娅，因为没有发生真正的伤寒使她又气又恼。这时候奇迹发生了，教长安慰完以后，偶然发现埃米尔扔在椅子上的那沓信。

教长高兴地叫了一声，一把抓起雅德里安寄自美国的信。

"哎呀，你们怎么会有这种邮票，它正是我长期寻找的！"

教长是集邮爱好者，他知道这种稀有邮票的价值。他马上掏出40克朗买下雅德里安信封上的邮票。

埃米尔的爸爸听到这么大一笔钱紧张得直喘粗气，你想

想，为这样一小块纸片要付 40 克朗！他气愤得直摇头……啊，埃米尔就是走运！这难道不是证明，买那个旧的天鹅绒盒子也是一笔好交易，而且是埃米尔在昨天的拍卖会上做得最好的一笔！

"40 克朗，我都可以买半头牛了。"埃米尔的爸爸对教长说，口气还带点儿责备。

这时候藏在木柴箱里的埃米尔再也憋不住了。他掀开盖子，急切地伸出头。

"如果你买半头牛，你是买有犄角的前半身，还是买有屁股、能摇尾巴的后半身？"

"快到木工房去，埃米尔。"埃米尔的爸爸说。

埃米尔走了。但是他首先得到教长付的 4 张崭新的 10 克朗一张的大票子，第二天他就骑马到巴克胡瓦，还回雅德里安的信和一半钱，然后骑着马回家，带着巴克胡瓦人的祝福开始了新的淘气。

"我觉得，我应该多去拍卖会上走一走。"他回到家以

后说。

"你觉得怎么样,爸爸?"

他的爸爸嘟囔了半天,谁也没有听清他回答的是什么。

但是整个星期天晚上——礼拜咖啡宴以后——埃米尔按他爸爸说的坐在木工房里,当他削好第130个木头老头儿时,才突然想起今天是星期天,星期天是不能动刀子削东西的,这实实在在是犯罪。可能也不许拔牙和往别人脸上涂蓝色。埃米尔把手上的木头老头儿放到架子上的木头老头儿堆里。他坐在木墩上,这时候夜幕开始降临在木工房窗子外面,他在想自己的罪。最后他合上双手祈祷:

亲爱的上帝,我保证不再淘气!顺致友好的祝愿。埃米尔·斯文松,卡特胡尔特,伦纳贝亚。

8月10日 星期二
埃米尔把青蛙放进送咖啡的篮子里，随后闯下几乎说不出口的大祸

埃米尔的爸爸其实有点儿可怜。在他的儿子做了一笔又一笔挺随意但很出色的交易以后，他自己从拍卖会上只带回一头母猪，哎呀，这个可怕的牲畜一天夜里生了11头小猪，事先谁也不知道，但是它咬死了其中的10头。因为有时候母猪会这样做。如果不是埃米尔，第11头也会有同样的下场。那天夜里埃米尔肚子痛，醒了以后便到外边去，经过猪圈时，他听见一头小猪崽在里边死命地叫。他拉开门，在最后一刹那赶到了。他在最后一刹那从那位残酷的母亲身边拉走了最后一头小猪，哎呀，这真是一头讨厌的母猪，随后这头母猪得了一种怪病，第三天就死了。可怜的埃米尔的爸爸，这时候他只剩下一头小猪崽，这就是他从拍卖会上得到的东西，你不知道他有多么沮丧！

"巴克胡瓦只有坏蛋和灾难。"他对埃米尔的妈妈说。这是当天晚上他们要睡觉时，发生在卧室里的事。"很明显，他

们所有的牲畜都中了邪。"

埃米尔在床上听见了他们的谈话，马上从床上伸出头来。

"把那头小猪给我吧，"他说，"我不在乎它中邪不中邪。"

但是埃米尔的爸爸不喜欢这句话。

"你总是说'给我'、'给我'，"他刻薄地说，"那我呢？我不是什么也没有了吗？"

埃米尔没再说话，有一段时间再没提小猪的事。随便说一句，这是一头异常糟糕的小猪，瘦小枯干，浑身发紫，还半死不活。埃米尔想，可能是邪恶把它身上的力量都抽走了，他认为这太可怕了，这类东西怎么可以加害一头无辜的小猪呢。

埃米尔的妈妈也这样认为。

"小可怜儿。"她说。因为在斯莫兰，人们同情一些小的东西时经常这样说。

丽娜对动物也有一副好心肠，特别是对这头小猪。

"这个小可怜儿，"她说，"它大概会很快死掉。"

如果没有埃米尔照料它，肯定是这样。埃米尔把它抱进厨

房,放进一个篮子里,里边铺上一块柔软的小毯子,用奶瓶给它喂奶,他的所作所为真像是它的母亲。

阿尔弗雷德走进来,看着他怎么样千方百计喂这个小可怜儿,他问:

"这头小猪怎么样?"

"它中邪了,不想吃东西。"埃米尔说。

"是吗,它为什么发脾气?"阿尔弗雷德问。埃米尔告诉他,小猪不是发脾气,而是因为体质虚弱,因为它身上中了邪气。

"不过我一定能把它调理好,"埃米尔很有把握地说,"我一定要保证这头猪的性命,这个决心我已经下了。"

一点儿也不假,他做到了!没过多久,小猪就强壮起来,滚瓜溜圆,毛色发亮,跟别的小猪一样。

"小可怜儿,我真的相信它活过来了,"这时候丽娜说,"小可怜儿。"她说,这头小猪一辈子再没其他名字。

"对,确实,它活过来了。"埃米尔的爸爸说,"你干得不错,埃米尔!"

埃米尔听到爸爸夸奖时,显得特别高兴,并不失时机地问:

"我要救它多少次命,它才能归我?"

但是埃米尔的爸爸只是哼了一声,样子特别难看,埃米尔

没再说话，有一段时间再没提小猪的事。

现在小猪该搬回猪圈去了，小可怜儿，但是它不愿意待在那里。它更愿意像一条狗一样跟在埃米尔的后边，埃米尔也让它几乎整天在外边瞎跑。

"它真的相信，你就是它的妈妈。"小伊达说。这个小可怜儿可能真的相信是这样，因为只要它看见埃米尔，就兴高采烈地跑过来。它喜欢跟埃米尔在一起，特别喜欢有人给它挠脊背，埃米尔有求必应。

"给猪挠痒痒，这是我的拿手好戏。"他说。他坐在樱桃树下的跷跷板上，给那个小可怜儿挠痒痒，一挠就好长时间。小可怜儿站在那里闭着眼，小声哼唧着，谁都看得出，它有多舒服。

夏季来了，夏季走了，小可怜儿头顶上的樱桃渐渐熟了，它经常站在樱桃树下让人给它挠痒痒。埃米尔不时地摘下一把

樱桃给它吃，因为小可怜儿特别喜欢吃樱桃，它也喜欢埃米尔。啊，岁月如梭，好日子一天一天地过去，多亏它来到埃米尔生活的地方，才有了最好的猪生活。

埃米尔也喜欢这个小可怜儿，而且越来越喜欢。有一次当他坐在跷跷板上给小可怜儿挠痒痒的时候，突然想到他是多么喜欢它，此外他还喜欢谁呢？

"首先是阿尔弗雷德，"他想，"然后是鲁卡斯，然后是伊达，紧接着是小可怜儿……但是，哎呀，我怎么把妈妈忘了……当然，当然……但其次是阿尔弗雷德、鲁卡斯、伊达和小可怜儿。"

然后他皱了皱眉头，思考了很久。

"还有爸爸和丽娜。"他想，"哎呀，我有时候喜欢爸爸，有时候不喜欢。而丽娜我不知道，说不上喜欢或者不喜欢……她走来走去时有点儿像那只猫。"

埃米尔当然每天照样淘气，坐在木工房里的次数也很勤，这一点从这个时期的蓝色日记本里就可以得到印证。但是在秋收大忙时节，埃米尔的妈妈很忙，因此有时候就只写"埃米尔在木工房"而没有说为什么。

如今他每次坐木工房的时候，都带着小可怜儿。和一头可爱的小猪在一起时间过得快一点儿，他已经不是利用所有的时间在那里削木头老头儿，而是抽出一部分时间训练小可怜儿掌

握各种技巧。在整个伦纳贝亚，人们连做梦也没有想到一头普通的小猪能学会这些技巧。训练是秘密进行的，小可怜儿聪明好学，它每次学会了新东西，都能从埃米尔那里得到好吃的。埃米尔有一个食品库，在工作台后边的箱子里，存着硬面包、甜饼、樱桃干和其他可吃的东西，因为他不知道自己什么时候就得进木工房，他可不想坐在那里挨饿。

"用一点儿手段和几个樱桃干就可以教会一头猪任何技巧。"埃米尔向阿尔弗雷德和伊达这样解释说。那是一个周末的晚上，他让小可怜儿给他们表演各种技巧，在此之前没有人看过。表演在丁香凉棚里举行，对于埃米尔和小可怜儿都是一个伟大的时刻。阿尔弗雷德和伊达坐在一个靠背椅上，惊奇地睁大眼睛看着小可怜儿奇特的技巧。他们从来没有看到过这样的猪，当埃米尔说"美一个"时，它可以像狗一样地站立起来；当埃米尔说"死一个"时，它会像死一样躺在地上；当它得到樱桃干时，它会伸出右蹄表示感谢。

伊达高兴地拍起手来。

"还会其他技巧吗？"她急切地问。

这时候埃米尔喊"奔跑"，小可怜儿立即围绕丁香凉棚奔跑起来，埃米尔不时地喊"跳"，这时候小可怜儿就朝空中一跳，然后继续自鸣得意地奔跑，场面非常活跃。

"啊，它真可爱。"小伊达说。当小可怜儿在凉棚里做各

种跳跃动作时，它的样子确实很可爱。

"不过对于一头小猪来说，做出这些技巧不大自然。"阿尔弗雷德说。

但是埃米尔很自豪很满意——在整个伦纳贝亚和整个斯莫兰也找不出小可怜儿这样的猪，肯定是这样。

埃米尔还逐渐教会了小可怜儿跳绳。你看见过猪跳绳吗？没有，你肯定没有，埃米尔的爸爸也没有。但是有一天，当他从畜圈坡那边走下来时，看见埃米尔和伊达正站在那里，抡着一根旧牛缰绳，小可怜儿的小蹄子发出"吧嗒吧嗒"的响声。

"它一定觉得很有意思。"小伊达肯定地说，但是她的爸爸却不这么认为。

"小猪怎么会知道有意思呢？"他说，"我们要用它制作圣诞火腿，让它像猎狗一样来回跳，它会变瘦的，这我可不愿

意。"

埃米尔听了心里一惊。拿小可怜儿制作圣诞火腿，他可没有想过！但是他在想，今天大概就是他最不喜欢他爸爸的日子。

8月10日星期二，是埃米尔最不喜欢他爸爸的日子。这是一个阳光灿烂、温暖宜人的夏日，清晨小可怜儿在畜圈坡跳绳，埃米尔的爸爸说要制作圣诞火腿的事。说完他就走了，因为这一天卡特胡尔特庄园开始收割黑麦，埃米尔的爸爸要在麦田里待到傍晚。

"你要做的事是，小可怜儿，"当埃米尔的爸爸走了以后埃米尔说，"你要保持身体像猎狗一样瘦，这样你就可以活下

去,不然的话……你大概不了解我爸爸!"

埃米尔一整天为小可怜儿闷闷不乐,他只做了一点儿淘气的事,几乎没被人注意到。他把伊达放进饮马和牛的旧木槽里,把木槽当做大海中的一只船玩。然后他往伊达身上喷水,说是海上那只船进水了,非常可怕,伊达浑身湿透,但是她觉得很开心。然后他用弹弓打晒台上那个酱缸,那是他妈妈放在那里的。他本来只想看看自己的枪法准不准,没想把缸打碎,结果缸还是碎了。这时候埃米尔感到很庆幸,因为他的爸爸正在远处的黑麦地里。他的妈妈只让他在木工房里待了一会儿,一方面是因为她喜欢他,另一方面需要他给秋收的人送咖啡去。他们要把咖啡送到农田里去,整个伦纳贝亚和整个斯莫兰都是孩子去送咖啡的。

这些斯莫兰的孩子确实是快乐的小使者,他们提着装咖啡壶的篮子,走在蜿蜒的小路上,穿过牧场和林间草地,最后到一小块贫瘠的田地上。土壤里尽是石头,人们为此真想哭一场。啊,斯莫兰的孩子当然不想哭,因为在石头中间长了很多野草莓,他们喜欢吃野草莓。

这一天埃米尔和伊达也被派去送咖啡,他们准时离开家,抬着篮子快步朝田里走去。但是埃米尔从来不走直路,总是这儿走走,那儿看看,看有什么好东西没有。埃米尔到哪儿,伊达就跟到哪儿。途中埃米尔绕道去了一块沼泽地,那里有很多

青蛙,这次他又捉了一只。他想对这只青蛙仔细研究研究,另外他认为,青蛙应该换一换环境,别整天待在沼泽里。所以他把青蛙放进篮子里,盖上盖儿,现在它跑不了啦。

"不然我把它放在哪儿呢?"当伊达问埃米尔,把青蛙放到有咖啡壶的篮子里合适不合适的时候,他这样回答,"我的

裤兜里有窟窿,无法放,知道吧。再说我只是想要它一会儿,然后就把它放回沼泽。"他说,很通情达理。

在远处的麦田里,埃米尔的爸爸和阿尔弗雷德正用镰刀割麦,丽娜和克吕莎-玛娅跟在他们后面把割下来的麦拾起来,打成麦捆。过去人们就是这样在田地里干活儿。

当埃米尔和伊达抬着咖啡篮子总算露了面的时候,他们作为快乐的使者没有受到自己父亲的问候,反而遭到斥责,因为他们来晚了。人们要求喝咖啡要准时准点,一分钟也不能耽误。

"啊,能喝点儿咖啡解一解渴真够美的。"阿尔弗雷德说,他想把话岔开,让埃米尔的爸爸不再想这件事。如果你在8月的一个温暖的日子到伦纳贝亚地区来,正赶上田间喝咖啡歇脚儿,你就知道那有多美。大家坐在大石头上,说话、喝咖

啡,蘸着咖啡吃三明治,然后休息一会儿。可是埃米尔的爸爸仍然没消气,他拉过篮子,打开盖儿,情况并没变好,因为那只青蛙朝他前胸跳去,消失在他的衬衣里,当时天热,他敞着怀。那只小青蛙的脚冰凉,埃米尔的爸爸觉得很不舒服。他用胳膊不安地扑打,不幸打中咖啡壶,壶翻倒了。埃米尔手疾眼快,扶起咖啡壶,只洒出一点儿。小青蛙不见了。由于害怕,它钻进埃米尔爸爸的裤子里去了。当埃米尔的爸爸感觉到以后,简直气疯了。他开始乱蹦乱跳,想把青蛙从裤子里抖搂出来,但是很遗憾,又碰到了咖啡壶。它挨了一脚,倒在地上,要不是埃米尔手疾眼快扶起它,他们休息时就没咖啡喝了,那就太扫兴了。

小青蛙确实一点儿也不想待在裤子里。它从那里很快溜出来,埃米尔抓住它。但是埃米尔的爸爸仍然很生气。他认为这次小青蛙事件是埃米尔一贯的淘气伎俩,其实根本不是。埃米尔原来设想,一定是丽娜打开篮子,当她看见一只可爱的小青蛙,一定打心眼儿里高兴。我之所以这么说,主要是想让你明白,埃米尔不总是轻松愉快,有时候说他淘气是很无辜的。比如,人们可以这样问:当埃米尔的两个裤兜都有窟窿时,埃米尔的爸爸认为他的青蛙应该放在什么地方?

丽娜总是这样说埃米尔:

"我从来没见过这样淘气的孩子,即使不是他自己想淘气,也会碰巧做出淘气的事来!"

碰巧做出——丽娜这句话是真的!

后来发生在同一天的事情证实了这一点。事情正好让埃米尔赶上,不能说他有意,事情过后整个伦纳贝亚唧唧喳喳议论了很久,其实全是因为他的妈妈是一位能干的主妇,还有一个原因是因为这一年卡特胡尔特的樱桃丰收。埃米尔哪里管得了这么多,管不了,事情偶然让埃米尔赶上!

埃米尔的妈妈是腌制各种水果的能手,无人能与她相比,不管是长在森林里野生的,还是长在自己家院子种植的,她都会腌制。她大量采集越橘、蓝色浆果、山莓,制作苹果酱、姜

味儿梨、红醋栗果冻、鹅莓酱和樱桃汁。她还注意晒制果干，以备整个冬天做汤用。她把苹果、梨和樱桃在厨房的一个大灶里烘干，然后装进白色的袋子，挂在食品储藏室的屋顶上。啊，看着食品储藏室里各种各样的食品真是个享受。

在采摘樱桃的旺季，维莫比的彼特尔夫人来卡特胡尔特庄园做客，埃米尔的妈妈抱怨说，今年樱桃大丰收，多得不知道怎么处理才好。

"我觉得，你应该制作樱桃酒，阿尔玛。"彼特尔夫人说。

"不行，上帝保佑我。"埃米尔的妈妈说。

她不愿意听制作樱桃酒的事。卡特胡尔特庄园是个忌酒的地方。埃米尔的爸爸从来不喝烈性酒，他连啤酒也不喝，除非在赶集这类场合有别人邀请他喝，在这种情况下不喝没办法。有人劝酒，他有什么办法，只能喝一瓶或者两瓶啤酒，他算得很清楚，两瓶啤酒要30厄尔，30厄尔怎么可以随随便便扔啊。坐下来喝就是了，不管他愿意还是不愿意。但是樱桃酒，他从来不接受，这一点埃米尔的妈妈心里明白。这时候彼特尔夫人说，尽管卡特胡尔特庄园没有人喝酒，但是还有其他人，他们愿意喝一两杯呀，比如她自己就想喝几瓶樱桃酒，为什么埃米尔的妈妈不偷偷地把樱桃装进一个缸里，放到土豆窖的墙角让它发酵，不会有人看到。等发酵好了，彼特尔夫人回来取酒，要多少钱给多少钱，她这么说。

埃米尔的妈妈是个有求必应的人,此外,前边已经说过,她是个能干的家庭主妇,什么都不浪费,她已经做了足够多的樱桃干。事情来得这么突然,她的心里一点儿底也没有,但是她答应给彼特尔夫人酿造樱桃酒。埃米尔的妈妈不是那种做事不声张的人,她原原本本把这件事告诉了埃米尔的爸爸,他嘟嘟囔囔了半天,最后说:

"随你的便吧!不过她说她将付多少钱了吗?"

对于钱的事,彼特尔夫人没有详谈过。不过有好几周的时间,她的酒在土豆窖里存放发酵。正好在这个8月天,埃米尔的妈妈认为,酒已经发酵好了,现在该倒进瓶子里了。正好埃米尔的爸爸在田里收黑麦,借此机会赶紧动手,免得让他看见以后使他产生负罪感,因为毕竟是在他家里偷偷造酒啊。

很快埃米尔的妈妈就灌好了10瓶酒,她把它们整齐地摆在餐桌上,然后准备把酒瓶装在一个筐里,放进土豆窖的一个角落,免得让谁喝了惹祸,等彼特尔夫人来时,再把酒取走。

当埃米尔和伊达带着送咖啡的篮子从田野回来时,看见厨房门外有一桶做过酒的樱桃。

"埃米尔,拿那个桶,"埃米尔的妈妈说,"去把里边的樱桃埋到垃圾堆里去。"

埃米尔很听话,他拿起桶走了。垃圾堆就在猪圈后边,小可怜儿正在里边走来走去。当它看见埃米尔时,就大声地叫,

想让埃米尔明白,它想出来和他一起玩。

"你可以出来。"埃米尔一边说一边放下手里的桶。他打开猪圈门,小可怜儿欢叫一声就蹿了出来。它马上把嘴伸到桶里,它以为埃米尔是来喂它。直到这时候他才想到他的妈妈刚才说的话——要他把桶里的樱桃埋到垃圾堆里去。真是奇怪,卡特胡尔特庄园从来不把能吃的东西白白埋掉。这些樱桃肯定能吃。因为小可怜儿已经吃下去好几个。埃米尔想,他的妈妈所以让他把樱桃埋到垃圾堆里,就是因为他的爸爸过一会儿就从麦田里回来了,省得这些樱桃碍事。

"那就让小可怜儿把它们都吃掉吧,"埃米尔想,"它特别喜欢吃樱桃!"

看样子小可怜儿还特别喜欢吃桶里的这些樱桃。它一边吃

一边高兴地叫着，嘴都变红了。为了吃起来方便，埃米尔干脆把樱桃都倒在地上。这时候那只大公鸡也来了，它也想分一杯美羹。小可怜儿愤怒地瞪了它一眼，但是还是让它吃了。公鸡敞开肚子吃起来。这时候以瘸洛塔为首的一群母鸡走了过来，它们想看一看那只公鸡找到什么好吃的东西了，但是没有它们的份儿。小可怜儿和公鸡只要看到它们伸嘴，就无情地把它们赶跑。看得出来，那只公鸡和小可怜儿想独享这堆好吃的樱桃。

埃米尔在旁边，坐在倒过来的木桶上。他吹着草秆做的哨子，脑子里什么也没想。这时候他突然惊奇地发现，那只公鸡直摔跟头。它几次想站直了，但都没有成功。它刚要站起来，立即就摔倒了，躺倒在地。那些被赶跑的母鸡在不远的地方围成一团，看着它们的丈夫奇怪的举动，吓得咯咯直叫。躺在地

上的公鸡生气了,它愤怒地看着它们,难道它没有权利想躺在哪儿就躺在哪儿,想站在哪儿就站在哪儿吗?

埃米尔不知道那只公鸡到底是怎么回事,不过他很同情它,他走过去,把它扶起来,让它站稳。可是那只公鸡站了一会儿,前后走了几步,好像要试一试腿还能不能走路,但是这时候好像有什么邪气飞到它身上,它叫着,拍打着翅膀,愤怒地冲向母鸡群。这时候母鸡们慌忙逃命,因为它们清楚地看到,那只公鸡疯了。埃米尔也看到了,他用责备的目光看着公鸡的疯狂举动,但是没有注意到小可怜儿。说到发疯——如果有谁突然发了疯的话,那就是小可怜儿。它也想参加驱赶母鸡的行动,它高声哼哼着跟在公鸡后边。埃米尔越来越感到惊奇,他不明白到底是怎么回事。小可怜儿一边跑,一边疯狂地号叫着,好像很开心,但是它的腿有点儿奇怪,埃米尔发现了。四条腿东倒西歪,好像失去了控制,如果不是每次它都能挺住的话,小可怜儿肯定也倒下了,埃米尔教给它的跳跃技巧对它保持平衡起了很大作用。

但是最可怜的是那些母鸡。它们从来没见过一头猪有这种举动。它们由于惊吓发出"咯嗒咯嗒"的叫声,听起来很悲惨,多可怜的母鸡,它们的丈夫发疯已经够可以的了,还有一只野性十足的小猪大步追赶它们,还瞪着可怕的大眼睛,实在太过分了。

对，实在太过分了！因为惊吓可以导致死亡，这一点埃米尔是知道的。他突然看到，一只母鸡接着一只母鸡摔倒在地，躺着一动不动。草地上到处是死鸡，白花花一大片，看起来非常可怕。埃米尔急得哭了。如果妈妈来到这里，看到自己的鸡都这样了，她会说什么呢？瘸洛塔，他自己的鸡，也躺在那里，像一堆没有生命的泥。埃米尔哭着把它抱起来，没错，它也死了，它浑身没有一点儿活力！可怜的瘸洛塔，现在它完蛋了，还有它那么多好蛋！埃米尔唯一能做的，就是尽可能地给它找一个风水好的墓地。他已经想象出墓碑上要写的内容：此处安息着因受小可怜儿惊吓而死的瘸洛塔。

埃米尔确实很恨小可怜儿，他一定要把这个畜生重新关进猪圈里，永远不再把它放出来！瘸洛塔可以暂放在木工房。他用手小心地把它抱到那里，放在木墩上，它在那里等着安葬，

可怜的洛塔!

当埃米尔从木工房出来的时候,看见公鸡和小可怜儿又回到那堆樱桃旁边去了。啊,两个坏小子!先吓死了一大群鸡,然后没事人似的继续开吃!起码那只公鸡内心应该感到惭愧,一下子把它所有的老婆都吓死了,但是它却心安理得。

不过狼吞虎咽吃樱桃的事没再发生。就在这时候,公鸡又开始打晃,随后小可怜儿也跟着打晃。埃米尔真的生它俩的气了,连问也没问它们是死了,还是活着,不过他看得出,它们并不像那些死鸡。公鸡轻声叫一声,腿也伸了一下。小可怜儿确实躺在那里,闭着眼睛,但不时地想睁开眼和发出叫声。

草地上还剩下很多樱桃,埃米尔尝了一个。跟平常樱桃味道不一样,真的,味道还不坏!妈妈怎么会想出把这么好的樱桃都埋掉呢?

妈妈,哎呀!他不得不去告诉她死鸡的事,真不幸。但是他没心思去,不想马上去。他一边吃着樱桃一边思索……接着又吃了几个……不,他不想马上就去告诉妈妈!

在厨房里,埃米尔的妈妈此时正为麦收的人准备晚饭,现在他们回来了,埃米尔的爸爸、阿尔弗雷德、丽娜和克吕莎-玛娅,经过一天的劳累,他们又累又饿。大家围着餐桌坐下。但是埃米尔的位置空着,埃米尔的妈妈突然想起来了,她有好长时间没见到儿子了。

"丽娜，你去看看埃米尔是不是在小可怜儿那边玩。"埃米尔的妈妈说。

丽娜走了，她走了很长时间。当她终于走进门的时候，靠在门槛上不走了，等大家看着她。她要讲的那个可怕的消息，想让大家一起听。

"你怎么啦？为什么站在那里？出什么事啦？"埃米尔的妈妈问。

丽娜自己对自己笑了。

"如果出了什么事的话，啊，我不知道我怎么说……反正是鸡都死了！公鸡醉了！小可怜儿也醉了！至于埃米尔……"

"埃米尔怎么啦？"埃米尔的妈妈不安地问。

"埃米尔,"丽娜一边说一边深深地吸了口气,"埃米尔也醉了。"

卡特胡尔特的这个夜晚,乱得简直无法形容!

埃米尔的爸爸大喊大叫,埃米尔的妈妈哭个不停,小伊达哭,丽娜也跟着哭,克吕莎-玛娅长吁短叹,连晚饭也没吃就回村子里,把事情添油加醋地告诉所有的人:"哎呀,哎呀,哎呀,卡特胡尔特庄园里的斯文松一家真可怜,埃米尔,那个丧门星,喝得酩酊大醉,把所有的鸡都打死了,哎呀,哎呀,哎呀!"

阿尔弗雷德是唯一有理智的人。当丽娜进来讲了那个可怕的消息以后,他和其他人很快冲出去,找到躺在公鸡和小可怜儿附近草地上的埃米尔。啊,丽娜说得对,埃米尔酩酊大醉,他沉重地靠在小可怜儿身上,眼睛紧闭,看得出,他当时很痛

苦。埃米尔的妈妈看见自己不幸的儿子,立即号啕大哭起来,想把他马上抬进卧室,但是在这方面有经验的阿尔弗雷德说:

"最好让他待在外边,这里空气新鲜!"

然后阿尔弗雷德抱着埃米尔整个晚上都坐在卧室前边的台阶上,埃米尔要吐的时候,他帮助他;他哭的时候,他安慰他;啊,因为埃米尔不时地清醒过来,为自己的不幸哭泣。他听别人说他醉了,但不知道是怎么醉的。他不知道,当人们用樱桃酿酒的时候,樱桃要充分发酵,人吃了发酵的樱桃就会大醉。正因为如此,埃米尔的妈妈才让他把樱桃埋到垃圾堆里,但是他没有埋,反而吃了,公鸡和小可怜儿也吃了。现在埃米尔躺在阿尔弗雷德的怀里,烂醉如泥。

他躺了很长时间。夜幕降临,太阳落山,月亮在卡特胡尔特上空升起,阿尔弗雷德抱着埃米尔坐在那里。

"你感觉怎么样,埃米尔?"当阿尔弗雷德看见埃米尔的眼睛动了一下以后说。

"啊,我还活着。"埃米尔有气无力地说,然后他又小声说:

"如果我死了,那你就要鲁卡斯,阿尔弗雷德。"

"你死不了。"阿尔弗雷德肯定地说。

没有,埃米尔没有死,小可怜儿没有死,大公鸡没有死。母鸡也没有死,这真是奇迹。事情是这样的:埃米尔的妈妈在悲痛中让伊达去取一筐木柴。伊达一边走,一边哭,因为这确实是一个悲伤的夜晚,她走进木柴屋的时候还在哭,这时候她看见瘸洛塔死在木墩上。

"可怜的洛塔。"伊达说。她伸出小手抚摩洛塔,没想到洛塔活了!它睁开眼睛,愤怒地叫了一声,从木墩上飞下来,一瘸一拐地走到门外。伊达惊奇地站在那里,她真不敢相信眼前发生的事情,你想想,可能她的手有魔法,一下子使它死而复生!

大家都在为埃米尔伤心,顾不得躺在草地上的那群母鸡。但是现在伊达来了,她一个接一个地抚摩它们,结果所有的母鸡都活了过来,因为它们实际上没死,只是当小可怜儿追它们的时候被吓昏过去了,鸡有时候会出现这种情况。

伊达自豪地走进厨房,她的父母正在那里伤心流泪,现在她确实带来了好消息。

"好啦,我已经把所有的鸡都从死亡中唤醒。"她满意地说。

公鸡、小可怜儿和埃米尔第二天早晨大体上都恢复了健康。但是大公鸡三天没打鸣。它不时地想打,但是打不出清脆的"咯儿咯儿咯儿——"只能发出撕裂的沙哑声,这使它感到很不光彩。母鸡们每次都用责备的目光看着它,这时候它就羞愧地躲在树丛里。

小可怜儿没有觉得羞愧。但是埃米尔一整天都觉得没有面子,丽娜使劲儿气他。

"跟一头小猪醉卧在一起,哎呀,真有可瞧的!一对儿醉猪,你和小可怜儿,以后我就这么叫你俩。"

"我看你还是拉倒吧。"阿尔弗雷德一边说一边瞪了丽娜一眼,这时候她不说话了。

但是事情到此并没有完。这天下午,三个表情异常严肃的人走进卡特胡尔特庄园的大门,他们是伦纳贝亚禁酒会的三位

成员。啊,你可能不知道禁酒会是干什么的,不过我可以告诉你,这是古代伦纳贝亚和整个斯莫兰必备的组织。禁酒会成员致力于消除昔日世界上给很多人造成不幸的酗酒现象,顺便说一句,这种现象至今仍然存在。

克吕莎-玛娅散布的埃米尔酗酒的小道消息惊动了禁酒会。现在他们来这里,就是想跟埃米尔的妈妈和爸爸谈一谈。他们认为,如果埃米尔能到禁酒会大厦的晚会上去一下会有好处,有利于他重回清教世界。埃米尔的妈妈听了非常生气,她向来者解释埃米尔吃樱桃的事,但是三位来者面有难色,其中一个说:

"是啊,不过要防微杜渐,今晚他得到一次感化,对他没有什么害处。"

埃米尔的爸爸赞成这种观点。但是他很不高兴,在大庭广众之下替儿子代过不会很开心,但是为了使埃米尔回头是岸,

他可能不得不到那里去。

"我带他去。"埃米尔的爸爸沮丧地说。

"算了,如果一定要让他去的话,我陪他去。"埃米尔的妈妈说,她确实很勇敢!"好汉做事好汉当,是我酿酒造成的,不让你安东代过。只有我一个人需要接受禁酒训诫,但是我无论如何要带着埃米尔,如果你们认为有必要的话。"

到了晚上,埃米尔穿上礼服,戴上他的"猫子",他很愿意去接受训诫。到人多的地方走一走可能很有意思。

小可怜儿也这么想。当埃米尔和他的妈妈上路时,小可

怜儿哼着跟在后面,它也想去。当埃米尔说"死一个"时,小可怜儿就顺从地躺在路上不动,但是它的眼睛一直盯着埃米尔走向远方。

这天晚上禁酒会大厅座无虚席,我真的应该这么说!整个伦纳贝亚的人都来参加对埃米尔的训诫。禁酒会合唱团站在主席台的一侧,埃米尔一进门,他们就高声唱起来:

你,年轻人,你举起的酒杯里
有置人于死地的毒品……

"不是什么酒杯。"埃米尔的妈妈生气地说,但是她的话只有埃米尔听到了。

歌声结束以后,上来一个人,他跟埃米尔进行了长时间、严肃的谈话,最后他问埃米尔,他是否保证终生不饮酒。

"我能保证。"埃米尔说。

就在这时候,人们听见大门口传来轻声的猪叫,小可怜儿进来了。它一直偷偷在后边跟着埃米尔,现在它来了。当它看见埃米尔坐在前排靠背椅上的时候,高兴极了,立即跑了过来。但是这时候大厅里出现极大骚动。他们过去从来没有看见过小猪到禁酒大厅来,禁酒会成员也不想让猪参加。他们认为,让猪出现在这样的场合很不合适。但是埃米尔说:

"它也需要作戒酒宣誓。因为它吃的樱桃比我还多。"

小可怜儿这时候也显得很兴奋，所以埃米尔对它说"美一个"，这时候小可怜儿像狗一样用后腿站起来，让伦纳贝亚居民惊叹不已。它趴在那里显得特别虔诚可爱。埃米尔从口袋里掏出几个樱桃干儿给它吃，当这头小猪立即伸出右蹄表示感谢时，伦纳贝亚居民简直不敢相信自己的眼睛。

大家把兴趣都集中到小可怜儿身上了，把戒酒宣誓的事早忘了。最后还是埃米尔自己想起来了。

"怎么办啊，我不是还要宣誓什么的吗？"

随后埃米尔宣誓,"今后远离烈性酒,此外在同类人中千方百计发展戒酒事业。"这些漂亮词句的意思是,埃米尔终生不沾烈性酒,他还要帮助其他人也不饮酒。

"你,小可怜儿,你也要戒酒。"当埃米尔宣誓完了以后对小可怜儿说。后来伦纳贝亚的人都说,除了埃米尔以外,没有人和小猪一同宣誓戒酒。

"不过卡特胡尔特庄园那小子,他确实有点儿不寻常。"他们说。

埃米尔回到家,跟小可怜儿前后脚走进厨房,埃米尔的爸爸一个人孤零零地坐在那里,借助煤油灯的光亮,埃米尔看到自己的父亲哭过,他不喜欢自己的父亲哭。但是后来他的爸爸讲了一些他特别喜欢的话。

"你听着,埃米尔,"他说,他紧紧抓住埃米尔的手,严

肃地看着他,"埃米尔,如果你保证终生不喝酒,那头该死的小猪就归你了……另外我也不想要它的肉,它又蹦又跳又发各种酒疯,那肉不会好吃。"

埃米尔听了以后,高兴得跳了起来。他再一次保证,他将终生不喝酒。他还真的遵守了这个诺言。埃米尔成了唯一一个不喝酒的社区委员会主席,他们在伦纳贝亚以至整个斯莫兰从来没看见过。看来他小的时候,在一个夏日误食发酵的樱桃还真不错。

晚上埃米尔躺在床上,长时间和伊达说话。

"现在我有了一匹马、一头奶牛、一只小猪和一只母鸡。"他说。

"那只母鸡是我从死鸡堆里把它唤醒的。"小伊达提醒他说,埃米尔对此表示感谢。

第三天他起得很早,听见阿尔弗雷德和丽娜在厨房里一边喝咖啡一边说话。这时候他从床上跳下来,因为他必须把小可怜儿已经归他的消息告诉阿尔弗雷德。

"牧场主埃米尔·斯文松。"阿尔弗雷德说的时候笑了笑。但是丽娜梗了梗脖子,唱起了刚才她挤奶时瞎编的一首歌谣。她唱的歌词是:

但是他的母亲把他带到禁酒会大厦,

而到了那里人变成了醉猪，

这时候他发誓，永远不喝酒，

现在他有了一头猪，就是过去他自己。

你可能想象不出还有比这个更愚蠢的歌谣。"现在他有了一头猪，就是过去他自己"，多么愚蠢，但是这首歌谣跟丽娜本人一样，她不可能变得聪明。

时间到了，阿尔弗雷德和丽娜要和埃米尔的爸爸、克吕莎－玛娅一起到田里收黑麦。

埃米尔的妈妈独自和孩子们待在家里。为此她感到很满意，因为今天彼特尔夫人要来取樱桃酒，而埃米尔的妈妈不想让埃米尔的爸爸在场。

"把酒从家里拿走就放心了。"埃米尔的妈妈想，她在厨房里顺手找些事情做。彼特尔夫人随时都可能来。她本来应该很快听到外边马路上的马车声。但是非常奇怪，她听到完全不同的另一种声音——从远处土豆窖那边传来玻璃瓶的破碎声。

她从窗子往外边看，看到了埃米尔。他手持火钩子，眼前一排瓶子，他把瓶子一个接一个地砸碎，玻璃片和樱桃酒四处飞溅。

埃米尔的妈妈打开窗子，高声说：

"我的天啊，你在那里干什么呀，埃米尔？"

埃米尔过了半天才回答自己母亲的问话。

"我在实施戒酒的事。"他说，"我想先拿彼特尔夫人开刀！"

> 平淡的日子，埃米尔做出平淡无奇的淘气小事，但是也有一部分好事

倒霉的樱桃酒事件属于大事，过了很久伦纳贝亚的人还记得。但是埃米尔的妈妈想尽快忘掉。关于那个不幸的8月10日埃米尔的所作所为，她在蓝色日记本里一个字也没提，可能是因为太可怕了。但是8月11日她写了一点儿，如果你不经意读了她写的内容，肯定要吓一跳，那没办法。

为了我的儿子，请上帝保佑我，不过今天他至少没有喝酒。

日记上就是这么写的，再多一个字也没有，你读了会有什么想法？你可能认为埃米尔平时很少不喝酒。我确实觉得，埃米尔的妈妈应该把事情的前后经过说清楚。但是像刚才说过的，她不肯。

8月15日又写了一段。她是这样写的：

夜里埃米尔和阿尔弗雷德到外边抓小龙虾,他们共抓1200个,但是后来闯了祸,啊,我的心肝宝贝……

1200个,你听说过这么多龙虾吗?龙虾多得可怕,不信你自己数数看!我要告诉你,这一夜埃米尔过得非常愉快,如果你有机会在8月的一个漆黑的夜里,到某个斯莫兰的小湖里去抓龙虾,你就知道为什么了。到那个时候你就知道有多开心,你浑身可能都弄湿了,所有的东西都有一种奇特的感觉,天很黑,湖周围的森林黑压压的,万籁俱寂,只能听见流水的声音,人们在岸边走来走去。如果你像埃米尔和阿尔弗雷德一样拿着火把,你就会看到湖底上又黑又大的龙虾在石头中间爬来爬去,你只要把手伸进水里,一个接一个地掐住它们的脊背,把它们装进口袋里就行了。

当埃米尔和阿尔弗雷德黎明回家时,他们抓的龙虾背都背不动了,但是埃米尔很高兴,他一边走一边吹着口哨、唱着歌。

"我要给爸爸一个惊喜。"他想。埃米尔很愿意在爸爸面前露脸,尽管总是失败。现在他希望,当他爸爸睡醒的时候,一下子会看到那么多龙虾,所以他把它们倒进一个埃米尔和伊达星期六晚上经常在里边洗脚的大铜锅里,把锅搬进卧室,放在他爸爸的床边。

"当他醒来时看见这么多龙虾,会有多么惊喜。"埃米尔想,然后他又劳累又兴奋地爬到床上睡觉去了。

卧室里很静,只能听到埃米尔的爸爸轻轻的鼾声。此外还有龙虾互相抓在一起发出的轻轻的沙沙声。龙虾经常这样。

埃米尔的爸爸每天起得很早,这一天也不例外。卧室里的钟一打5点,他就掀开被子,把腿伸到床下边,他要这样坐一会儿,醒醒盹儿。他伸一伸懒腰,打一打哈欠,抓一抓头发,还要活动一下脚指头。他的左脚拇指曾经被埃米尔放的捉鼠夹子夹过一次,平时有些僵硬,每天早晨要活动一下。但是正当他活动自己的大脚拇指时,突然叫了一声,把正在睡觉的埃米尔的妈妈和小伊达从睡梦中惊醒。他们以为有人正在谋杀埃米尔的爸爸。其实不过是一只龙虾爬到他那只挨过夹的大脚拇指上。如果你试一试,让一只龙虾的爪抓你的大脚拇指,你就知

道了，跟被老鼠夹子夹住的感觉差不多，他肯定要叫喊。龙虾们都是拧种，它们死去活来地互相抓在一起，越抓越紧，埃米尔的爸爸拼命叫喊就不奇怪了！顺便说一句，埃米尔的妈妈和小伊达也拼命叫起来，因为她们这时候看到，几百只龙虾在地板上爬来爬去，哎哟，哎哟，足够让她们惊奇了！

"埃米尔！"埃米尔的爸爸憋足了力气喊叫着，一方面他生气了，另一方面他需要一把钳子，好把龙虾夹下来，他希望埃米尔去找来一把钳子。但是埃米尔睡得正香，任凭什么惊叫也无法把他吵醒。埃米尔的爸爸只得自己靠一条腿跳到厨房的工具箱前取来一把钳子。当小伊达看见他在地板上跳、大脚拇指上挂着一个龙虾时，她心里特别难过。她想到埃米尔躺在那里，错过了看这种场面的机会。

"醒一醒，埃米尔，"她高喊着，"醒一醒，快来看，多

有意思呀!"

随后她就不说话了,因为她的爸爸使劲瞪了她一眼,看得出,他不明白这有什么好看的。

在此期间,埃米尔的妈妈趴在地板上到处抓龙虾。她用了两个小时,把所有的龙虾都抓住了,当埃米尔上午起床时,他闻到一股新煮龙虾扑鼻的香味从厨房传出,他立即高兴地跳下了床。

一连三天,卡特胡尔特庄园都吃龙虾,对此大家都感到很高兴。此外,埃米尔收集了一大堆龙虾屁股,卖给了牧师公馆的教长夫人,每一升25厄尔。他把一半儿钱公正地分给总是缺钱花的阿尔弗雷德,阿尔弗雷德认为埃米尔真有办法。

"你很会做买卖,埃米尔。"他说,这是真话。埃米尔的储币罐里已经有了50克朗,这是他用各种方法挣的。他正在考虑做一笔大买卖,把自己所有的木头老头儿都卖给彼特尔夫人,因为她特别喜欢这些木头老头儿,但是这笔买卖没有做成,所以时至今日那些木头老头儿仍然站在架子上。彼特尔夫人还想买埃米尔的木头枪,想把它送给她认识的一个讨厌的小男孩,但是这笔买卖最后也没做成。虽然埃米尔感到,他已经长大,不适合再玩那杆木枪,但是要卖掉它,他无论如何舍不得。相反,他把这杆枪钉在木工房的墙上,在上面用红笔写上:**纪念阿尔弗雷德。**

阿尔弗雷德看了以后笑了,但是看得出,他还是很喜欢的。

帽子一直都在用,他不能没有帽子,他第一次去学校时,头上就戴着帽子。对了,埃米尔已经到了上学的年龄,整个伦纳贝亚都屏住呼吸。

丽娜不相信埃米尔上学会有什么好结果。

"他可能把整个教室都掀翻了,往女教师身上放火。"她说,但是这时候埃米尔的妈妈严厉地看着她。

"埃米尔是一个可爱的男孩子,"她说,"虽然他最近不小心放火烧了教长夫人,但是为此他已经坐过木工房了,不需要你事后唠叨个没完没了。"

这是8月17日,埃米尔因为点燃了教长夫人的头发而坐了木工房。这一天教长夫人来到卡特胡尔特庄园,跟埃米尔的妈妈要一个编织图案。埃米尔的妈妈请她坐在丁香花凉棚里一边喝咖啡一边看图案。她的眼睛不大好,特地从手提包中掏出一个放大镜。埃米尔从来没有见过放大镜,所以他特别感兴趣。

"你可以借去玩。"教长夫人傻乎乎地说。她根本不知道埃米尔拿什么东西都能淘气,放大镜可是个能用来淘气的好东西。埃米尔很快发现,他可以把放大镜当聚焦镜。太阳照在镜子上,光线可以聚集在一个发光发亮的点上。埃米尔朝周围看

了看，想找个真正能聚焦的点。教长夫人安静地坐在那里，和他的妈妈谈呀谈呀，她的头一直保持端庄的姿态。那顶贵重的帽子上卷曲的鸵鸟羽毛看来非常适合作焦点，埃米尔只想在上边试一试，没想到真成功了。他认为必须进行试验，不然人们怎么能了解世上的万物呢？

试验结果被写进蓝色日记。

这时候教长夫人帽子上的羽毛突然散发出焦味儿，但是没有燃烧，只是烤焦了。我还以为埃米尔成了禁酒会成员会变得好一点儿呢，啊，想得美，那位禁酒会成员先生在那天余下的时间里，只得又去蹲木工房，事情就是这样。

8月25日埃米尔开始上学。如果伦纳贝亚居民以为埃米尔会不好意思，那他们就大错特错了。女教师可能是第一个意识到，紧靠窗子那张靠背椅上坐着未来的社区委员会主席，因为让人惊异的是，埃米尔在班里是第一名！没来上学之前，他就能读书，还会写一些字，算术做得比其他任何孩子都快。他自然也淘气，但不是特别厉害，女教师还是可以忍受……啊，有一次他竟亲了女老师的嘴一下，后来在伦纳贝亚也被人议论了很长时间。

事情是这样的。埃米尔站在黑板前面，做对了一道非常难的算术题。当他做完了的时候，女教师说：

"很好，埃米尔，现在你可以回到你的座位上！"

他照办了，但是他顺便朝正坐在讲台上的女教师弯下腰去，在她的嘴唇上认认真真地亲了一下。这种事女教师过去从

来没有遇到过,她脸红了,并结结巴巴地说:

"为什么……为什么你要这样,埃米尔?"

"我出于善意。"埃米尔说,这句话后来在伦纳贝亚竟成了一句歇后语:

"卡特胡尔特男孩亲自己的女教师——我出于善意。"他们经常这样说,据我所知,直到今天他们可能还是这样说。

课间休息的时候,走过来一个大男孩,想用这件事奚落埃米尔。

"亲女教师的就是你呀。"他一边说一边怪笑起来。

"对,"埃米尔说,"你希望我再亲一次?"

但是他没有。就这么一次,以后再没发生。女教师也没有因为这个吻而对埃米尔不满,一点儿也没有。

埃米尔做的很多事情都是出于善意。吃早饭休息的时候,他经常去济贫院,给斯图勒-尤克和其他孤寡老人读《斯莫兰报》,所以你不要相信,埃米尔没有做好事!

埃米尔来的时候,济贫院的人都认为这是一天中最愉快的时刻,不管是斯图勒-尤克,还是约翰·埃特·厄烈、里尔克鲁姗、卡莱·斯巴德尔和其他人,这些可怜的老人都有这个想法。斯图勒-尤克可能听不懂多少,因为当埃米尔读到埃克舍城市饭店将在周末举行大型舞会时,斯图勒-尤克竟高兴得鼓起掌来,并说:

"阿门,阿门,好,好,举行吧!"

但是最重要的是,尤克和其他人都喜欢坐下来,听埃米尔读报。只有女领班不喜欢。埃米尔来的时候,她就把自己关在阁楼的房间里,因为她曾经掉进埃米尔挖的捕狼陷阱里,至今耿耿于怀。

现在你可能有点儿不安了,以为埃米尔一上学就没有时间淘气了。你大可不必!你看,埃米尔小的时候,学校隔一天上一天课,他真有运气。

"小伙计你现在干什么呢?"有一天埃米尔去济贫院为尤克读报时,他这样问。

埃米尔想了一下,实话实说:

"隔一天我淘气,隔一天我上学。"

11月14日　星期日
卡特胡尔特进行家庭宗教教义考问
埃米尔把自己的爸爸关进茅厕

秋天到了，秋天的气氛越来越浓重。卡特胡尔特、整个伦纳贝亚和整个斯莫兰的白天越来越昏暗。

"真讨厌！"丽娜说，不管多黑，她每天5点钟必须要到牛棚去挤奶。尽管她有一盏马灯照亮，但是马灯在四周一片漆黑当中显得形影相吊。昏暗，昏暗，整个秋季就是一连串的昏暗日子，只有一两次宴会和进行家庭宗教教义考问时才在黑暗中露出一丝亮光。

家庭宗教教义考问，我想你大概对此一无所知，但是在当时，人们必须对《圣经》和《教义问答》中的内容有所了解，因此牧师不时地走街串户，了解人们掌握这方面知识的情况，不仅仅是小孩子，全教区的人，不论是大人还是孩子，都要接受考问的折磨。这类考问在伦纳贝亚教区的所有庄园逐个进行，考问本身并没有多少意思，但是随后举行的宴会要开心得多。全教区每一个人都可以参加，连济贫院的孤寡老人也在

内，凡是走得动的，都可以去。因为每当举行教义考问，他们就可以在随后的宴会上随便吃，所以多数人认为，教义考问是一件好事。

11月的一天，卡特胡尔特庄园举行教义考问，大家都很兴奋，特别是丽娜，因为她喜欢教义考问。

"啊，尽管不是所有的问题我都会回答，"她说，"有时候我不知道我要回答什么。"

丽娜肯定对《圣经》的内容不是特别熟悉，教长也知道，所以他向丽娜提一些容易回答的问题，因为他是一位很和善的人。这时候他用很长的时间讲住在伊甸园里的亚当和夏娃，讲他们是地球上人类的始祖，他当然相信，我们大家，包括丽娜，都会知道这一点，所以轮到丽娜回答问题的时候，他很客气地问：

"好，丽娜，我们的始祖叫什么？"

"托尔和芙莱娅。"丽娜连眼都没眨就回答了，埃米尔的妈妈被丽娜愚蠢的回答气得满脸通红，哎呀，托尔和芙莱娅是上千年以前异教时代斯莫兰人信仰的一对古老的神，那个时候他们对《圣经》的故事一无所知。

"你永远是一个异教徒。"埃米尔的妈妈事后对丽娜说，但是丽娜辩解说：

"他们彼此乱乱糟糟地缠在一起！为什么偏偏让我把什么都择得清清楚楚呢？"

不过教长在考问的过程中还是很友善的。他装作没听见丽娜回答错了，而是开始讲解上帝如何创世，如何创造住在那里的所有的人，上帝的创世多么伟大。

"甚至你丽娜也是一个真正的杰作。"教长肯定地说，随

后教长问丽娜,她想过这个问题没有,她难道不认为,上帝创造她是多么伟大吗?他的创世是多么伟大。

丽娜说她有同感,但是后来她想了想。

"对,当然是这样,不过我本人跟伟大的杰作没多少关系。但是把我耳朵听到的各种曲里拐弯的事编在一起,我倒觉得挺不简单!"

这时候埃米尔妈妈的脸又红了,因为她认为,由于丽娜愚蠢的回答,整个卡特胡尔特庄园的脸都丢尽了。如果不从埃米尔待的角落里传来一阵清脆的怪笑声,也许还会好一点儿。教义考问过程中是不应该嬉笑的,可怜的埃米尔的妈妈坐在那里,脸一白一红的,直到考问结束,她才平静下来,随后人们开始转向宴会。

埃米尔的妈妈像平时一样为宴会做了很多饭菜,尽管埃米尔的爸爸多有微词。

"不管怎么说,《圣经》和《教义问答》更重要,而你却做了那么多肉丸子和奶酪派!"

"各有各的用处,"埃米尔的妈妈很理智地说,"《教义问答》有《教义问答》的用处,奶酪派有奶酪派的用处!"

对,奶酪派确实有奶酪派的用处,他们吃得很多,凡是参加卡特胡尔特庄园教义考问的人都很满意。埃米尔也吃了很多奶酪派加果冻奶油,他刚刚吃完,他的妈妈来了,对他说:

"你，埃米尔，快到外边把鸡关好，听话！"

鸡在外边自由自在地转了一天了，晚上要把它们关好，免得夜里藏在房子拐角处的狐狸来偷吃。

这时候外边很黑，还下着雨，但是埃米尔觉得离开闷热的屋里、交谈和奶酪派一会儿还是很舒服。差不多所有的鸡都进了鸡舍，上了架，只有瘸洛塔和几只人来疯的母鸡还在雨中溜

达，但是埃米尔把它们赶进去，把鸡舍的大门插好，狐狸就别想进来了。鸡舍旁边是猪圈。埃米尔顺便看了一眼小可怜儿，并答应晚上也让它一饱口福。

"那些馋鬼们吃饱喝足以后，盘子里总会有残羹剩饭。"埃米尔说，小可怜儿满怀希望地哼了哼。

"我过一会儿就回来。"埃米尔一边说一边把猪圈的门插销插好。

猪圈后边是茅厕，啊，在那个时代就是这么个叫法。你可能认为这个词不大好听，不过你还可以听一听阿尔弗雷德用什么词儿，他干脆把那个地方叫……算了，我别净教你这些词儿！卡特胡尔特的茅厕还有一个好名字，叫特里斯布达，是根

据一个名叫特里斯的长工起的,他在很久以前,在埃米尔的爷爷时代,建造了这个必不可少的小房子。

埃米尔插好了鸡舍的门,插好了猪圈的门,现在他顺手把特里斯布达的门也插上了。他本来应该考虑一下里边是否有人,因为那门的外边没插插销。但是埃米尔干什么都毛毛糙糙,不动脑子。他匆匆插好门,然后轻手轻脚地跑了,他一边跑一边唱:

"现在我插好了门,现在我插好了门,现在我插好了各处的门!"

正在里边上厕所的埃米尔的爸爸听见这快乐的歌声,立即害怕起来。他冲到门前,用手摸了摸门。没错,门被从外边插上了,埃米尔的爸爸大吼一声:

"埃米尔!"

但是埃米尔已经扬长而去,他高声地唱着"现在我插好了门!"根本没有听见叫喊声。

可怜的埃米尔的爸爸,简直要把肺气炸了。这实在太可怕了,天啊,他怎么出去呢?他发疯似的捶门,但是不管他怎么捶怎么打都没用。这时候

他开始踹。门把脚趾都撞弯了，但是那位特里斯活儿干得真到位，那扇结实的门纹丝没动。埃米尔的爸爸简直气疯了。他想从口袋里掏出折叠刀，在门上挖个缝儿，然后从缝儿里把刀尖伸出去，把插销捅开。但是折叠刀在工作服的口袋里，今天他穿的是好衣服。埃米尔的爸爸在那里站了好长时间，火冒三丈，他没有骂人，真的没有，因为他是教堂执事什么的，但是他使劲责怪埃米尔和那个特里斯，他在被称作特里斯布达的茅厕门上没做一个窗子，只在上方留了个小洞。埃米尔的爸爸愤怒地看着那个小洞，然后又朝门踢了好几脚，最后坐下来等待。

特里斯布达有三个座位，他在其中一个上面坐下。他坐在那里，咬牙切齿，恶狠狠地等着有人到特里斯布达来解手。

"实在对不起了,谁第一个来,我就把他掐死。"他想。这也太不公平了,埃米尔的爸爸真够恶的。不过人们还是理解他,因为他太生气了。

夜幕降临特里斯布达茅厕,埃米尔的爸爸坐在那里等呀,等呀,但就是没有人来。他听着雨水浇打着房顶,那声音显得很凄凉。他越来越生气,说实在的,是有点儿不像话,他坐在茅厕里漆黑、孤单,而其他人却坐在明亮的大厅里,高兴地吃呀喝呀。这一幕该结束了,他该出去了!出去!即使从洞口出去也行。

"因为现在我生气了。"他高声说,并从座位上站起来。

特里斯布达茅厕里放着一个盛旧报纸的箱子。他把箱子立放着,然后蹬在上面,他发现高矮正合适,外边什么都看得见。他没费什么劲儿就把那块小玻璃框拆掉了,他把头从洞伸出,寻求帮助。

他什么帮助也没找到,大雨却有力地浇在他的脖子上。雨水从他的衣领灌进去,那是真让人觉得最恶心的灌雨水的地方之一。但是埃米尔的爸爸已经顾不得这些了,即使是《圣经》里说的洪水从他身上流过他也在所不惜了。

他费了很大劲儿才把胳膊和肩膀伸到外边,然后一点儿一点儿往外蹭。

"愤怒出奇迹。"他想。但是就在这时候他被拦腰卡住。

卡得死死的!他被憋得满脸发紫,胳膊腿乱蹬乱打,但是没有起任何作用,只是把木箱子碰倒了,然后他就悬在空中,上不来,下不去,可怜的人儿!

作为一个教会执事,上半身在雨里淋着,下半身卡在茅厕里,怎么办呢,能喊救命吗?不行,他没有喊。那不行,因为他了解伦纳贝亚村民。他知道,如果此事在教区传开,就会成为笑柄,只要整个

伦纳贝亚甚至整个斯莫兰有一个人还活着,此事就不会销声匿迹。喊救命,万万使不得!

高高兴兴回到宴会上的埃米尔在此期间想方设法哄小伊达玩。小伊达认为家庭宗教教义考问太长了,因此他把她带到前厅去玩,他们彼此帮助试套鞋。套鞋一排一排地摆着,有大的,也有小一些的,当埃米尔穿着教长的套鞋学着教长的腔调说着"这个,啊——"和"那个,啊——"时,他开心地笑着。最后,前廊的地板上都乱七八糟地扔满了套鞋,埃米尔爱整洁,他把套鞋又都捡到一起,堆在地板中央,真像一座小山。

然后他突然想起小可怜儿,他曾答应晚饭让它一饱口福。他转到厨房,把剩菜剩饭收拾到一个盆里,然后一只手夹着盆,另一只手拿着马灯,走进雨和黑暗中,为了让那头小猪高兴起来。

而这时候——哎呀,我一想到这一点,身上就发冷!这时候他看见了自己的父亲!而他父亲也看到了他,哎呀,哎呀,哎呀!有时候事情就是这么巧!

"快跑——去找——阿尔弗雷德!"他的爸爸吼叫着,"告诉他,带来一公斤炸药,因为现在必须把特里斯布达茅厕夷为平地!"

埃米尔跑着去了,阿尔弗雷德来了。没有带炸药——这可能不是埃米尔爸爸的真正意思——但是带来一把锯,啊,这是

救出埃米尔爸爸所必备的,没有其他办法。

阿尔弗雷德锯门框,而埃米尔爬到梯子上,胆战心惊地给他可怜的爸爸撑一把伞,免得雨水浇到他。你大概明白,埃米尔站在梯子上时很不开心,因为他的爸爸在伞底下不停地吼叫,并扬言,他一旦出来,就要好好收拾埃米尔,而对埃米尔那么周到地给他撑伞没有丝毫的谢意。他想,当他全身已经湿透的时候,打伞有什么用处,他肯定要感冒,要得肺炎,一点儿错没有。但是埃米尔说:

"不,你不会感冒,因为最重要的是,双脚保持干燥。"

阿尔弗雷德赞成他的看法。

"最主要的是,双脚要保持干燥,说得对!"

埃米尔爸爸的脚当然是干的,他本人也无法否认,但是他远远没有因此满意,而埃米尔一直担心他的爸爸被解脱的那一刻的到来。

阿尔弗雷德用力锯着,锯末四处飞溅,而埃米尔时刻准备

逃跑。就在阿尔弗雷德锯好了,埃米尔的爸爸"咚"的一声落到地板上的一刹那,就在那一刹那,埃米尔扔下雨伞,飞跑到木工房。他在最后一秒钟跑进去,在他爸爸跑到之前插上了门。他的爸爸站在外边敲门大概敲烦了,他对埃米尔叫喊了几句以后就走了。现在他必须在宴会上露面。不过他先去了卧室,换了干净一点儿的衣服才出来。

"你到哪儿去了这么长时间?"埃米尔的妈妈十分生气地责问自己的丈夫。

"完了事以后再说。"埃米尔的爸爸瓮声瓮气地说。

卡特胡尔特庄园家庭教义考问就这样结束了。教长唱起那首普通的圣歌,伦纳贝亚居民衷心地跟着唱,没有一个人不开口。

"一天就这样离开我们的时代,永远不会再来。"他们唱着。然后他们在11月的黑暗中回家。但是当他们走到前厅穿自己的套鞋时,借助微弱的煤油灯光,他们首先看到地板中央的一座鞋山。

"这种坏事,只能是埃米尔做的。"伦纳贝亚的居民说。然后大家,包括教长和教长夫人,坐下来找鞋试鞋,用了两个小时,最后他们言不由衷地说了一声谢谢和再见,随后消失在

黑暗中。

他们没有跟埃米尔说再见，因为他正坐在木工房里，削自己的第184个木头老头儿。

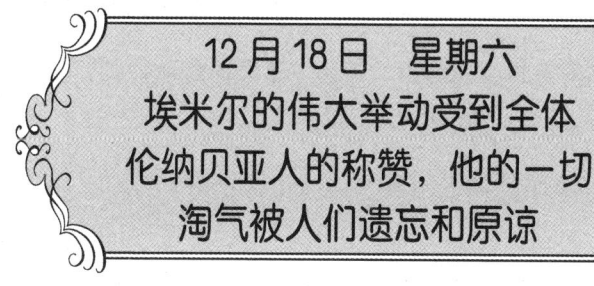

12月18日 星期六
埃米尔的伟大举动受到全体伦纳贝亚人的称赞,他的一切淘气被人们遗忘和原谅

圣诞节临近了。晚上大家坐在厨房里,卡特胡尔特庄园所有的人都在忙自己的事。埃米尔的妈妈在纺车上纺线,埃米尔的爸爸在修鞋,丽娜在梳羊毛,阿尔弗雷德和埃米尔在削耙齿,小伊达缠着丽娜玩有趣的手指游戏,但是并没有妨碍丽娜手头的工作。

"不过你看,一定要有一个怕胳肢的人。"小伊达说,那好,丽娜是最好的人选。

伊达让自己的小手指沿着丽娜的裙子慢慢地爬,并念着歌谣:

亲爱的父亲和母亲,

给我一点儿面粉和食盐,

我要杀我的圣诞公猪,

我一扎它,它就叫得特伤神。

当伊达说到"叫"的时候,她把食指扎向丽娜,每次丽娜都又叫又笑,直到伊达完全满意。

埃米尔的爸爸坐在那里,听到"杀我的圣诞公猪"时,大概给他提了个醒,因为他突然说出了可怕的事情。

"啊,圣诞节很快就到了,现在该杀你那头猪了,埃米尔!"

埃米尔一惊,手中的刀子掉了。他直愣愣地看着父亲。

"杀小可怜儿,这可不行!"他说,"它是我的猪,是我的戒酒猪,你难道忘了?"

埃米尔的爸爸肯定没忘。但是他说,在整个斯莫兰没有一个人听说过,养猪是为了和它在一起玩。埃米尔心里明白,一个好的农民应该知道,猪养大了,就得杀,不然养猪做什么。

"难道你不知道?"埃米尔的爸爸问。

知道,埃米尔当然知道,他一开始没有回答上来,后来想出了好答案。

"我当然知道一个好的农民是什么样儿,所以我知道,一部分公猪可以生存下去,变成种猪,我想让小可怜儿变成这样的种猪。"

埃米尔知道,你大概不知道,种猪就是可以成为一大群小猪的父亲的那种猪。埃米尔想,小可怜儿有了这种职业就可以免于一死,他还是挺聪明的。他向自己的父亲解释说,他可以

为小可怜儿找一只很小很小的母猪,然后让小可怜儿和那只小母猪生小猪,埃米尔相信肯定行。

"啊,听起来不错。"埃米尔的爸爸说,"但是卡特胡尔特庄园的圣诞节可就苦了。没有肉制作火腿、香肠、猪血豆腐,什么也没有!"

给我一点儿面粉和食盐,

我要炖我的美味儿血豆腐。

小伊达说,但是埃米尔对她吼叫着:

"闭嘴,别再说你的血豆腐!"

因为他知道,做血豆腐除了盐和面粉以外,还需要猪血。

但是不能用小可怜儿的血!只要埃米尔还活着,就肯定不行!

厨房里沉默了很长时间,一种令人不悦的沉默。但是阿尔弗雷德突然骂了起来。他用那把锋利的削刀把大拇指刺破了,鲜血直往外流。

"非得骂人不可吗?"埃米尔的爸爸严厉地说,"我可不愿意在我的家里听到脏话。"

埃米尔的妈妈拿出一块干净的纱布,把阿尔弗雷德的拇指包好,随后他又继续削耙齿。这是一项很好的冬活儿,所有的

旧耙齿都要换成新的,春天来的时候,马上就可以用。

"像我刚才说的,卡特胡尔特庄园可就苦了。"埃米尔的爸爸一边说,一边忧郁地向前看着。

那天晚上埃米尔好长时间没有睡着,第二天早晨他砸碎自己的猪形储币罐,拿出 35 克朗,然后他给鲁卡斯套上一个旧爬犁,赶往巴斯特法尔,那里有很多猪,他从那里买回一头大肥猪,放进小可怜儿那个圈里,然后去找父亲。

"现在猪圈里有了两头猪,"他说,"现在杀吧,可是别杀错了,提醒你一下!"

有时候埃米尔会大发脾气,他不管与他谈话的是不是自己

的父亲。通过杀死另一头猪来换回小可怜儿的生命，真是太残酷了，但是他没有其他办法。他知道，不这样做他的爸爸会吵个没完没了，他根本不明白跟小猪一起玩的乐趣。

埃米尔三天没有到猪圈去，他只是让丽娜给两头猪送吃的东西。第三天早晨他醒来的时候，天还很黑，他听见一头猪死命地叫。它叫的声音很高很尖，但是突然就没有声音了。

埃米尔用哈气吹霜冻的玻璃，把霜吹化一个小孔，然后从那里往外看。他看到猪圈旁边挂着马灯，人影在来回动，他知道那头猪已经死了，丽娜站在那里搅拌猪血，然后他的爸爸和阿尔弗雷德会给它烫毛、刮皮和大卸八块。克吕莎－玛娅也会来，她和丽娜将站在酿造室洗猪肠，埃米尔从巴斯特法尔买来的那头猪就彻底完蛋了。

"我一扎它，它就叫得特伤神。"埃米尔嘟囔着那句歌谣，随后爬到床上，哭了很长时间。

但是人就是忘事快，埃米尔也是这样。下午他到猪圈坐了一会儿，给小可怜儿挠痒痒，这时候他感慨地说：

"你还活着，小可怜儿！世界上的事情就是不一样，你还活着，你！"

但是后来他决定尽快忘掉从巴斯特法尔买来的那头猪的事。第二天克吕莎－玛娅和丽娜坐在厨房里忙着切肉，埃米尔的妈妈忙着拌香肠的填料，炖猪血豆腐，收拾圣诞火腿，并把

它放进腌缸里,丽娜唱着"海上吹来凉又凉的风",而克吕莎-玛娅讲述牧师公馆阁楼里那个没有脑袋的魔鬼的故事。这时候埃米尔又适应了原来的生活,不再想巴斯特法尔那头猪,而是想着圣诞节快到了,天又要下大雪了,那该多么好玩啊。

"雪要没脖子啦。"小伊达说,当雪下得特别大的时候,斯莫兰人就这么说。

雪真的下了起来。因为白天过去以后,天气越来越坏,还刮起了风,大雪纷飞,连对面的牧场几乎都看不见了。

"哎呀,各种坏天气都来了,"克吕莎-玛娅说,"我怎么回家呢?"

"你就在这儿过夜吧,"埃米尔的妈妈说,"你可以和丽娜一块儿睡在厨房的沙发上。"

"好吧,不过你发一发善心,躺下别动,像一头死猪一样,因为你想想,我特别怕痒痒。"丽娜说。

晚饭的时候,阿尔弗雷德抱怨自己的大拇指。他说,他很痛。埃米尔的妈妈打开纱布,看看到底怎么回事,为什么还没有长好。

她看到的情况很糟糕,啊,真吓人,伤口红肿、化脓,一条一条红线从拇指向手腕上方延伸。

克吕莎-玛娅的眼睛亮起来。

"血中毒!"她说,"这是非常危险的。"

埃米尔的妈妈取来红汞水，涂在阿尔弗雷德的手和胳膊上。

"到明天如果还不好，最好你到马利安娜隆德去看医生。"她说。

夜里整个斯莫兰大雪纷飞，狂风大作。在人们的记忆中，这个地区从来没有过这样的天气，早晨卡特胡尔特庄园的人起床时，整个庄园都深深地埋在厚而松的积雪当中。坏天气还在继续。大雪和寒风让人不敢走到室外，风把烟囱吹得呼呼叫，哎呀，人们从来没有经历过这样的天气！

"这回阿尔弗雷德整天都有雪扫了，"丽娜说，"不过扫

不扫都一样,因为扫也没用。"

阿尔弗雷德这一天没有扫雪。吃早饭时,他在餐桌旁的座位也是空的,他没有来吃饭。埃米尔不安起来。他戴上帽子,穿上厚厚的棉袄,然后就冲到室外。他抄起厨房门口的雪铲,用力铲去通向长工屋路上的积雪,长工屋与木工房相邻。

丽娜从厨房的窗子看着他,满意地点着头。

"埃米尔把雪铲掉,真够聪明的,这样去木工房可省事多了,因为谁也不知道,他什么时候需要到那里去。"

愚蠢的丽娜,她根本不知道埃米尔要去阿尔弗雷德那里!

埃米尔走进长工屋,那里很冷。阿尔弗雷德没有生火,他躺在折叠沙发上,不想起来。他也不想吃饭。他说,他不饿。这时候埃米尔更加不安。如果阿尔弗雷德不想吃饭,那就表明他的病很重。

埃米尔往炉子里放了一些木柴,点着火,然后跑回去叫他的妈妈。她来了,埃米尔的爸爸、丽娜、克吕莎－玛娅和小伊

达也来了,因为现在他们对阿尔弗雷德的病都不安起来。

可怜的阿尔弗雷德,他躺在那里,双眼紧闭,身上烫得像火炉,但是还觉得很冷。好些红线越来越靠近胳肢窝,看起来非常可怕。

克吕莎-玛娅点一点头,夸张地说:

"那些红线到了心脏,可就完了,他就死了。"

"你待着吧。"埃米尔的妈妈说,但是要让克吕莎-玛娅不说话也不那么容易。克吕莎-玛娅知道仅在伦纳贝亚教区就有半打人死于血中毒,她能一个一个地把他们数出来。

"不过我们不能因此放弃阿尔弗雷德。"她说。

她相信,如果剪下他的一缕头发和一小块衬衣,在午夜时分把它们埋在房子北面,然后再念一段咒语,可能还有希望。她说她本人能念咒语。

"呸呸呸，从魔鬼处来的，还沿原路从魔鬼处回，就这样做吧，呸呸呸！"

但是埃米尔的爸爸说，阿尔弗雷德用刀刺了手指头时，曾经咒骂过，这就够了，不用再念咒语。天气这么坏，如果一定要在午夜、在房子的北面埋什么东西的话，那就只能克吕莎－玛娅代劳了。

克吕莎－玛娅沮丧地摇了摇头。

"好，好，那就只能听天由命了，哎呀，哎呀，哎呀！"

埃米尔生气了。

"臭老太婆说的什么话！阿尔弗雷德很快就会好的，你明白吗？"

这时候克吕莎－玛娅改口说：

"对对，小埃米尔，他会好起来，他肯定能好起来！"

为了更圆满，她拍了拍躺在那里的阿尔弗雷德，并信誓旦旦地说：

"肯定能好起来，阿尔弗雷德，我心里很清楚！"

但是随后她就朝长工屋门看了看，自言自语地小声说：

"不过我不明白，那么窄的门，棺材怎么抬进来呢！"

埃米尔听了以后，大哭起来。他不安地抓住父亲的大衣。

"我们一定要像妈妈说的，把阿尔弗雷德送到马利安娜隆德那位医生那里去。"

这时候埃米尔的爸爸和埃米尔的妈妈用奇怪的目光相互看了看。这样的坏天气，怎么可能去马利安娜隆德，这一点他们心里明白，不行，真的没有办法。但是当埃米尔忧伤地站在那里时，要对他明说又很难。埃米尔的爸爸和妈妈当然也想尽一切可能帮助阿尔弗雷德，他们只是不知道怎么做，因此他们不知道怎么回答埃米尔。埃米尔的爸爸离开了长工屋，什么也没有说，但是埃米尔不肯罢休。他紧跟在爸爸的后面，爸爸走到哪儿，他跟到哪儿，不停地哭闹、请求、喊叫、威胁，真是发疯了，啊，真不错，他的爸爸总算没生气，他只是心平气和地回答：

"不行啊，埃米尔，你知道，不行啊！"

丽娜坐在厨房里，哭得一把鼻涕一把泪。

"我原来想，我们春天结婚，啊，现在泡汤了，阿尔弗雷

德要死了，就我坐在这儿。四个被套，啊，还有整整一打毛巾，真够美的呀！"

最后埃米尔全明白了，没有谁能帮助阿尔弗雷德。这时候他走回长工屋。他一整天都坐在阿尔弗雷德身边，这是埃米尔生命中最漫长的一天。阿尔弗雷德躺在那里，闭着双眼，只是偶尔睁开眼看一看，每次都说：

"是你呀，埃米尔。"

埃米尔看着窗外纷飞的大雪，他恨雪恨得怒火燃烧，足以融化整个伦纳贝亚甚至整个斯莫兰的雪，但是埃米尔想，老天爷执意要把整个世界毁于大雪之中，因为雪还在不停地下。

冬季的白天很短，但是像埃米尔那样坐在床边的人会觉得很长很长。天很快暗下来，天很快黑了。

"是你呀，埃米尔。"阿尔弗雷德再次说，但是他说话越来越困难。

埃米尔的妈妈送来肉汤，想让埃米尔吃。她也想让阿尔弗雷德吃，但是他不想吃。埃米尔的妈妈叹了口气，走了。

夜很深的时候，丽娜带来消息，埃米尔该上床睡觉了。啊，他们真想得出！

"我睡在阿尔弗雷德身边的地板上。"埃米尔说。他真的睡在那儿了。

他找出一个旧垫子，一条给马保温的毯子，更多的东西他

不需要，再说他也睡不着。他只能躺在那里，看着炉子里通红的火苗，听着阿尔弗雷德的闹钟滴答滴答地响，他也听着阿尔弗雷德急促的呼吸和不时的呻吟。埃米尔有时候也迷迷糊糊地睡着了，但是他每次都很快惊醒。这时候他内心受着痛苦的煎熬，夜越深，他越觉得一切都不对，越觉得要误事，而且会永远不可挽回，要改变这种情况。

这时候已经是凌晨4点钟，埃米尔决定采取行动。他要带阿尔弗雷德去马利安娜隆德去看医生，即使他自己和阿尔弗雷德都死在路上也在所不惜。

"你不能躺在床上等死，阿尔弗雷德，不行，你不能这样！"

他没有说出声音来，他只是想。但是，啊，他想得多么周到！他立即行动起来。他要在其他人醒来和可能遭到阻止之前

上路。在丽娜起床去挤牛奶之前,他还有一小时,他要在一个小时之内做完所有的事情。

没有人知道埃米尔在一小时之内是怎么拼命做完一切准备的。他从车库里搬出雪爬犁,从马厩里拉出鲁卡斯,给它套上雪爬犁,还把阿尔弗雷德从床上弄起来,再把他弄到车上,最后一点最困难。他挽着可怜的阿尔弗雷德,阿尔弗雷德沉重地靠在埃米尔身上,当他最后总算挪到雪爬犁上时,一头栽在羊皮垫子上,像死人一样躺在那里。

埃米尔给他盖好,只把鼻子露在外边,然后自己坐上赶车人的位子,他一拉缰绳,赶着鲁卡斯上路了。但是鲁卡斯回过头来,怀疑地看着埃米尔,在这样的大雪天外出,是前所未有的冒险,埃米尔难道不明白?

"就这样吧,我已经下决心了,"埃米尔说,"这就要看你了,鲁卡斯!"

厨房里的灯已经亮了,丽娜醒了。在最后一分钟,埃米尔赶着雪爬犁驶出卡特胡尔特庄园的大门,奔向满天风雪的大路。

啊,恶劣的天气像魔鬼一样可恨!雪钻进他的耳朵,挡住他的眼睛,他什么也看不见,他希望至少能看到路。他用手套擦去脸上的雪,但是仍然看不见路,雪爬犁上的两盏马灯也不管用。路已经没有了,大地上只有雪。但是鲁卡斯去过马利安娜隆德很多次,它是凭着一匹马的感觉大体上能知道路的走向。鲁卡斯坚毅、顽强,大雪中确实体现出自己是一匹好马!它使出全身的力气,把雪爬犁拖过一个个雪堆,每次爬犁被卡住,它都猛冲猛撞,所以他们能一步一步前进。埃米尔经常下来帮助铲雪。他强壮有力,像一头小牛,他永远不会忘记这

夜铲雪的事。

"人在走投无路的时候，就会变得坚强。"他向鲁卡斯解释说。

而埃米尔确实很坚强，前5公里也确实不错，但是后来变得很困难，再后来对埃米尔来说变成了名副其实的灾难。这时候他很累，手中的雪铲显得很重，他已经拿不住了。他很冷，靴子里灌满了雪，脚指甲被冻裂了，手指和耳朵也被冻僵了。为了不让风把帽子吹跑，他放下帽子的耳扇。这一切真是灾难，埃米尔渐渐失去了勇气，想一想，他的爸爸说得多对呀："不行啊，埃米尔，你知道，不行啊！"

鲁卡斯也开始泄气了。当雪爬犁卡住的时候，它往前拉越来越费劲儿，最后埃米尔一直担心的事发生了：爬犁突然沉下去了，埃米尔知道，他们掉进水沟里了。

对，他们掉进了水沟，他们坐在那里。不管鲁卡斯怎么用力拉，埃米尔怎么往上推，都无济于事，埃米尔的鼻子都出血了，爬犁仍然不动。

这时候一股巨大的愤怒涌上埃米尔的心头，他痛恨风雪、爬犁和水沟这些臭大粪，它们使他失去理智。他大吼一声，听起来就像开天辟地的第一声吼。鲁卡斯吓坏了，可能阿尔弗雷德也吓坏了，不过他已经有气无力了。埃米尔突然害怕了，他不再吼叫。

"你还活着吗?阿尔弗雷德!"他不安地问。

"没有,我大概已经死了。"阿尔弗雷德用沙哑、奇怪、可怕的声音说。这时候埃米尔的气消了,他的内心仅仅剩下痛苦。他感到如此孤独。尽管阿尔弗雷德还躺在爬犁上,但他还是感到孤独、无助。现在他已经不知道,应该怎么做。他真想躺在雪地里,摆脱这一切而永远沉睡下去。

但是路边不远的地方有一座庄园,就是被埃米尔称作糕点摊的地方。他突然看见牛棚里有灯光,他产生了一点儿希望。

"我去求救,阿尔弗雷德。"他说。但是阿尔弗雷德没有回答,埃米尔走了。他踏过深深的积雪,当他走进牛棚的大门时,他就像一个真正的雪人。

制作糕点的那位农民本人就在牛棚里,当他看见卡特胡尔

特庄园那个男孩站在门口的大雪里时,他大吃一惊。那个男孩鼻血、眼泪不停地流。啊,埃米尔这时候哭了,他实在没有别的办法,他知道,要让这位制作糕点的农民到雪地里去,是非常不容易的。这位农民很勉强,但是他知道,他一定要帮一下,他找来马、绳子和撬杠,把爬犁从水沟里拉了出来,尽管自始至终生气地唠叨着。

如果这位制作糕点的农民有某种怜悯心的话,他应该想办法帮助埃米尔到马利安娜隆德去,但是他没有继续帮助埃米尔。埃米尔和鲁卡斯继续孤立无援地冲破雪堆往前赶路。这时候他们已经没有力气了。尽管他俩都不甘心,但是已经累垮了,每前进一步都很困难。最后的时刻来了,埃米尔连雪铲都举不起来了。

"我不行了,阿尔弗雷德。"他一边说一边哭。这时候离马利安娜隆德只剩下几公里了,当他们离目的地这么近的时候,要放弃努力是很困难的。

阿尔弗雷德没有吭声。埃米尔以为他大概死了。鲁卡斯站在那里,低着头,好像很羞愧。它也没有力气了。

埃米尔在赶车人的座位上坐下,他坐在那里,默默地哭泣,雪花落在他身上,他一动不动。现在一切都完了,雪爱怎么下就怎么下吧,再下多少他都不在乎了。

他闭上眼睛,想睡觉。他可以坐在那里,在飞雪中入睡,

他觉得这样睡美极了。

这时候已经没有飞雪和严冬。他发现到处是夏天的景象，他和阿尔弗雷德在卡特胡尔特湖里游泳。阿尔弗雷德还想教埃米尔游泳，笨蛋阿尔弗雷德，他怎么会不知道埃米尔早就会游泳了！是几年前阿尔弗雷德自己教给他的，他已经忘了！埃米尔一定要让他看看，自己游得有多棒。然后他们就一起游呀，游呀，在湖里游得越来越远，待在水里真舒服，埃米尔说："你和我，阿尔弗雷德！"他等着阿尔弗雷德通常的回答："我相信是，你和我，埃米尔。"但是他听到的却是铃铛的响声，一定错了。游泳的时候，怎么会有铃铛响！

埃米尔从梦中醒来，他用力睁开眼。这时候他看见一台犁

雪机!在大雪纷飞中来了一台犁雪机,啊,确实是一台从马利安娜隆德来的犁雪机。开犁雪机的那个人看着埃米尔就像看着一个幽灵,而不是看着来自伦纳贝亚教区的卡特胡尔特庄园的满身是雪的男孩。

"开出的这条路通向马利安娜隆德吧?"埃米尔急切地问。

"对,"开犁雪机的人说,"如果你不抓紧时间的话,过半小时以后,又会变成灾难。"

但是半小时,对埃米尔来说足够了。

埃米尔跑进医生的候诊室时,那里坐满了人。医生从他的诊室伸出头来,看轮到谁了。这时候埃米尔高声喊起来,把在座的人都吓了一跳:

"阿尔弗雷德躺在外面的爬犁上,他死了!"

医生可不是笨蛋。他迅速带着几位在候诊室的人把阿尔弗

雷德抬进去，放到医生的手术台上。当医生匆匆看了阿尔弗雷德几眼以后，高声说：

"请回家吧，女士们，先生们！我现在有要紧的事做！"

埃米尔原以为，阿尔弗雷德一到医生那里，马上就可以好，但是当他看到医生差不多跟克吕莎-玛娅一样摇着头时，他害怕了。你想想，不管怎么样，病情如果仍然被耽误了怎么办？你想想，如果阿尔弗雷德没救了怎么办？他想到这里，内心痛苦极了，他眼睛里含着泪对医生说：

"如果你把他治好了，你可以要我的马……还可以要我的猪，只要你把他治好，你一定要相信，能够治好！"

医生看了埃米尔很长时间。

"我将尽我所能，但我不作任何保证！"

阿尔弗雷德躺在那里，一点儿活人气儿也没有，但是他突然睁开眼睛，茫然地看了一眼埃米尔。

"是你呀，埃米尔。"他说。

"对，是埃米尔，"医生说，"但是他最好出去一下，因为现在我要给你开刀，阿尔弗雷德！"

这时候人们从阿尔弗雷德的眼睛里看到他有些不安，他不习惯医生开刀。

"我觉得，他有点儿害怕，"埃米尔说，"可能最好我待在他身边。"

医生点一点头。

"好吧,你既然能把他弄到这里,你大概也能完成这个任务。"

埃米尔把阿尔弗雷德那只健康的手放在自己手里,紧紧地抓住它,这时候医生给他另一只手开刀。阿尔弗雷德一声没吭。他既没叫,也没哭,只有埃米尔哭了一下,但是声音很小,谁也没发现。直到平安夜前一天,埃米尔才带阿尔弗雷德回家。这时候整个伦纳贝亚的人都知道了他的伟大壮举,大家一致称赞他。

"那位卡特胡尔特男孩,我一直很喜欢他,"他们都异口同声地说,"我不能理解,为什么一部分人总是责怪他!淘点儿气,所有的男孩不都这样吗?"

此外,埃米尔还带回来医生致他爸爸、妈妈的信,信中有这样一句话:

"你们有一个让你们引以为豪的男孩。"而埃米尔的妈妈在自己的日记中这样写道:"我的上帝,这对于经常为他担惊受怕的我的这颗慈母心是多么大的安慰。我要让教区里的人对此都有些了解!"

不过,卡特胡尔特庄园里的人度过了多少令人不安的日子啊!当他们在那个可怕的早晨发现埃米尔和阿尔弗雷德失踪以后,埃米尔的爸爸急得肚子痛,只能躺在床上。他不相信这辈

子还能见到埃米尔。后来从马利安娜隆德传来的消息使他平静下来,但是直到埃米尔回来,跑进屋里,让爸爸看看自己又回家了,爸爸的肚子还在痛。

埃米尔的爸爸看着埃米尔,眼睛都亮了。

"你是我的好儿子,埃米尔。"他说。埃米尔高兴得心直咚咚地跳。这是埃米尔最喜欢自己的爸爸的日子之一。

埃米尔的妈妈站在那里心里充满自豪。

"对,他真能干,我们的埃米尔。"她一边说一边抚摩着他卷曲的头发。

埃米尔的爸爸躺在床上,肚子上放一个热锅盖,因为他觉得这样很舒服。但是这时候锅盖凉了,需要重新热一下。

"这我会,"埃米尔自告奋勇地说,"我现在很习惯护理病人。"

埃米尔的爸爸满意地点了点头。

"那你给我一杯果汁吧。"他对埃米尔的妈妈说,对了,他现在觉得非常好,躺在床上,有人伺候!

但是埃米尔的妈妈有点儿别的事要办,所以过了一会儿才把果汁拿来。她刚刚倒好果汁,就听见卧室传出一阵叫喊声。是埃米尔的爸爸在喊叫。埃米尔的妈妈不敢迟疑片刻,立即冲进去,就在同一瞬间锅盖朝她飞来。她一躲闪,果汁全洒了出去,溅得满锅盖都是,这时候锅盖吱吱直冒烟。

"埃米尔！你怎么把锅盖弄得这么烫？"她问束手无策地站在那里的埃米尔。

"我以为要像烙铁一样热。"埃米尔说。

后来把事情搞清楚了，原来埃米尔去厨房在炉子上热锅盖的时候，他的爸爸睡着了，当埃米尔回来的时候，看到他爸爸安静地睡着了，他当然不想叫醒他，而是悄悄地把锅盖伸到被子底下，放到他的肚子上。啊，真不凑巧，锅盖太热了。

埃米尔的妈妈想方设法安抚自己的丈夫。

"好啦，好啦，我给你拿药膏来了。"她说。

但是埃米尔的爸爸从床上起来了。他说，埃米尔回家了，他的病也好了，另外他也想去看望阿尔弗雷德。

阿尔弗雷德坐在厨房里，脸色苍白，一只胳膊上还打着绷

带，但是他很高兴很满意。丽娜高兴地围着他转来转去，她和克吕莎－玛娅要在圣诞节之前把所有的铜器——锅、盘和壶擦得光亮照人。但是丽娜怎么说也安不下心来。她一只手拿着抹布，另一只手托着奶酪派盘，在阿尔弗雷德周围跑来跑去，就好像偶然间在厨房里找到一块金子。小伊达目不转睛地看着阿尔弗雷德。她严肃地看着他，不敢相信回家来的阿尔弗雷德还是原来那个。

克吕莎－玛娅这回可有了一生中最风光的时刻。她大讲血中毒，嘴角上挂着唾沫星子。她说，阿尔弗雷德命大造化大，应该高兴。

"但是你不要太大意，因为你知道，血中毒要过很长时间

才能好,好了也会反复,啊,真是这样,一点儿也不假。"

卡特胡尔特庄园那个晚上过得很愉快。埃米尔的妈妈拿出新做的粉肠,他们开了一个真正的粉肠宴,大家高高兴兴地坐在充满圣诞节日气氛的厨房里,有埃米尔、他的妈妈和爸爸、小伊达、阿尔弗雷德、丽娜和克吕莎-玛娅,啊!真像一个小平安夜,桌子上点着蜡烛,上面还摆着其他东西。随后大家吃香肠,无比香甜,用油煎得微黄,他们吃的时候,还在上面涂上了新鲜越橘酱。特别是阿尔弗雷德,他吃得特多,尽管他用一只手,吃起来不大方便。

丽娜充满爱意地看着他,就在她坐在那里的时候,她想起了好事。

"喂,阿尔弗雷德,你现在已经没有血中毒了,那我们春天该结婚了,对吗?"

阿尔弗雷德一听,吓了一跳,把好多越橘酱喷到自己的裤子上。

"我不敢保证,"他说,"我还有一个大拇指,谁敢说那个大拇指不会得血中毒呢?"

"不过你真的得了,"埃米尔说,"这回我可要把你埋到房子北边,我肯定这样做,因为我再也不想把你弄到马利安娜隆德去了。"

克吕莎-玛娅瞪了埃米尔一眼。

"啊,那都是胡说八道,这我知道。"她不好意思地说。

正当他们坐在圣诞节烛光里高高兴兴地享受着节日快乐的时候,埃米尔的妈妈从围裙里掏出医生写的关于埃米尔的那封信并念给大家听。她认为让大家听一听没有什么害处。

念完以后大家默不作声。所以会这样,是因为信上写的都是伟大、优美的话语。

"信上说的就是你,埃米尔!"

埃米尔坐在那里,非常不好意思,他不知道朝哪边看。大家都在看他,他不喜欢这样,所以他固执地看着窗外。但是窗

外的景象也不令人鼓舞，因为他看到又下雪了，他不知道明天早晨谁起来扫雪。

他又拿了一根粉肠，低着头吃。他迅速抬头看了一眼，想知道他们是否还在盯着他看。

他的妈妈还在看着他。她无法把目光从可爱的儿子身上移开。他坐在那里是多么可爱：红红的脸颊，卷曲的头发，慈善的蓝眼睛，他的妈妈觉得他真像一个圣诞小天使。正像医生说的，她为他感到自豪是正确的。

"真奇怪，"埃米尔的妈妈说，"有时候我看着埃米尔，心里就想，他有朝一日会成为伟大人物。"

埃米尔的爸爸显得很茫然。

"什么伟大的人物？"他问。

"啊，问我吗？可能……社区委员会主席或者其他什么的。"

这时候丽娜冷笑起来。

"人们大概不可能有一位淘气的社区委员会主席吧！"

埃米尔的妈妈严厉地看着她，但是没有说什么，只是轻轻地挥动着手让大家再吃点儿粉肠。

埃米尔又往自己的盘子里加了一些粉肠，在他往粉肠上倒越橘酱的时候，开始考虑他的妈妈刚才说的话，他长大以后，要能当社区委员会主席也不错！反正总得有人当！

然后他开始考虑丽娜刚才说的话。如果他当了那个会淘气的社区委员会主席……他能够淘哪些气呢?

他倒上一杯牛奶,继续思考……社区委员会主席的淘气要不同于一般淘气,那可不是随便能想出来的。他把杯子送到嘴边准备吸一口,就在这一刹那他想出了一个,一个非常开心的淘气方式。这时候他一笑,把奶喷到桌子上,像平时一样,溅到他爸爸身上。然而他爸爸没有特别生气,人们怎么可以随便责怪一个受到医生称赞和做出伟大壮举的人呢。埃米尔的爸爸擦干净身上的牛奶,有点儿不高兴地说:

"好啦,一看就知道谁又回家了!"

"你不能这么说。"埃米尔的妈妈用责备的口气说。埃米尔的爸爸没再说什么,他陷入对自己儿子和儿子前途的思考之中。

"埃米尔将成为社区委员会主席?他呀,我有点儿怀疑。"他最后说,"不过他肯定能成为一个顶天立地的男子汉。如果他能长大,能身体健康,如果上帝愿意的话!"

埃米尔的妈妈点头赞成。

"对,对!如果上帝愿意的话!"

"如果埃米尔愿意的话。"小伊达说。

埃米尔微笑了。

"那就等着瞧吧,"他说,"那就等着瞧吧。"

夜晚来临了,大家都安静地睡着了,卡特胡尔特庄园、整

个伦纳贝亚甚至整个斯莫兰都飘着大雪。

没有,没有,医生没有要走埃米尔的鲁卡斯和小可怜儿,你用不着为此担心!

~译者后记~

我完成了瑞典著名儿童文学作家林格伦作品系列的第八卷《我们都是吵闹村的孩子》的翻译工作后，心里特别高兴，回想起翻译林格伦的作品完全出于偶然。1981年我去瑞典斯德哥尔摩大学留学，主要是研究斯特林堡。斯氏作品的格调阴郁、沉闷，男女人物生死搏斗、爱憎交织，读完以后心情总是很郁闷，再加上远离祖国、想念亲人，情绪非常低落。我吃不好饭，睡不好觉，每天不知道想干什么，想要什么，有时候故意在大雨中走几个小时。几位瑞典朋友发现我经常有意无意地重复斯特林堡作品中的一些话。斯特林堡产生过精神危机，他们对我也有些担心，因为一个人整天埋在斯特林堡的有着多种矛盾和神秘主义色彩的作品中很容易受影响。他们建议我读一些儿童文学作品，换一换心情。我跑到书店，买了一本林格伦的《长袜子皮皮》，我一下子被崭新的艺术风格和极富人物个性的描写所吸引。我一边读一边笑，觉得自己浑身充满了力量。我好像跟皮皮一样，能战胜马戏团的大力士，比世界上最强壮的警察还有力量，愤怒的公牛和咬人的鲨鱼肯定不在话下。由于

职业的关系，我读完一遍以后开始翻译这本书，一个暑假就完成了。从此，翻译林格伦的书几乎成了我的主业。

我第一次见到林格伦是在1981年秋天，是由给我奖学金的瑞典学会安排的。她的家在达拉大街46号，对面是运动场，旁边有森林和草地。当时女作家还算年轻（74岁），亲自给我煮咖啡。我们谈了儿童文学和儿童教育问题。1984年我从瑞典回国，她表示希望到中国看看。这个消息传出以后，瑞典—中国友好协会和瑞典驻中国大使馆立即表示，什么时候都可以安排。不过医生认为，路途太遥远，不宜来华访问，因此未能成行。但是她对我说，由于她的作品被译成中文，她开始关注中国的事情。1997年她已经90岁高龄，并且双目失明，在一般情况下她已经不再接待来访者，但当她听说我到了斯德哥尔摩以后，一定要见一见。当时我和我的夫人都很感动，在友人的帮助下，我们一起合影留念。2000年秋我去斯德哥尔摩的时候，朋友告诉我，她的身体已经很不好，大部分记忆消失，已经认不出人了。但是圣诞节的时候，我仍然收到了以她的名义寄来的贺卡。

不知什么原因，我和林格伦女士一见如故。她曾开玩笑说，可能是我们都出生在农民家庭。1984年我回国以后一直与她保持联系，有时候她还把我写给她的信寄到报社去发表。1994年，当她得知我翻译时还用手写的时候，立即给我寄来

10000克朗，让我买一台电脑。我和她虽然相隔几千公里，但我和我的家人时刻惦记着她，希望她健康长寿。

  我已经把林格伦的主要作品和一部分由她的作品改编成的电影译成中文，断断续续用了20年的时间。作品中的故事大都发生在20世纪上半叶，作家笔下的风俗、习惯、传统、民谣、器物等，现代人都比较陌生了。我在翻译中遇到的问题，除了作家本人亲自给我讲解以外，还得到很多瑞典朋友的帮助，如罗多弼和列娜夫妇、林西莉女士、韩安娜小姐、史安佳女士和隆德贝父女等，在此对他们表示深深的感谢。希望我的拙译能给小读者们和他们的父母带来愉悦，并增加对这个北欧国家儿童生活的了解。

永远的皮皮
永远的林格伦

中国少年儿童新闻出版总社隆重推出——

国际安徒生奖获得者
瑞典童话大师林格伦儿童文学全集

长袜子皮皮　淘气包埃米尔　小飞人卡尔松　大侦探小卡莱　米欧，我的米欧

狮心兄弟　吵闹村的孩子　疯丫头马迪根　绿林女儿罗妮娅　海滨乌鸦岛

叮当响的大街　铁哥们儿擒贼记　小小流浪汉　姐妹花

中国最著名的瑞典文学翻译家李之义先生，曾荣获瑞典国王颁发的"北极星勋章"。他用近30年的时间完成了林格伦儿童文学全集的翻译，其译作准确生动、风趣幽默，深受中国孩子喜欢。